# 红色诗志

★ 新诗中国 ★
丛书主编 操 慧 刘福春

孙海佩
郭灵西
刘鸣谦 编著

四川大学出版社

## 图书在版编目（CIP）数据

红色诗志 / 孙海佩，郭灵西，刘鸣谦编著 . —成都：四川大学出版社，2023.6
（新诗中国 / 操慧，刘福春主编）
ISBN 978-7-5690-5783-6

Ⅰ．①红⋯ Ⅱ．①孙⋯ ②郭⋯ ③刘⋯ Ⅲ．①新诗－诗集－中国－现代 Ⅳ．① I226.1

中国版本图书馆 CIP 数据核字（2022）第 207437 号

| 书　　　名： | 红色诗志 |
| --- | --- |
| | Hongse Shizhi |
| 编　　　著： | 孙海佩　郭灵西　刘鸣谦 |
| 丛 书 名： | 新诗中国 |
| 丛书主编： | 操　慧　刘福春 |

| 出 版 人： | 侯宏虹 |
| --- | --- |
| 总 策 划： | 张宏辉 |
| 丛书策划： | 侯宏虹　张宏辉 |
| 选题策划： | 黄蕴婷 |
| 责任编辑： | 黄蕴婷 |
| 融合编辑： | 吕梦茜　姜礼盟 |
| 责任校对： | 周　颖 |
| 装帧设计： | 叶　茂 |
| 责任印制： | 王　炜 |

| 出版发行： | 四川大学出版社有限责任公司 |
| --- | --- |
| | 地址：成都市一环路南一段 24 号（610065） |
| | 电话：（028）85408311（发行部）、85400276（总编室） |
| | 电子邮箱：scupress@vip.163.com |
| | 网址：https://press.scu.edu.cn |
| 印前制作： | 成都墨之创文化传播有限公司 |
| 印刷装订： | 四川盛图彩色印刷有限公司 |

| 成品尺寸： | 145 mm×210 mm |
| --- | --- |
| 印　　张： | 7.25 |
| 字　　数： | 150 千字 |

| 版　　次： | 2023 年 6 月 第 1 版 |
| --- | --- |
| 印　　次： | 2023 年 6 月 第 1 次印刷 |
| 定　　价： | 78.00 元 |

本社图书如有印装质量问题，请联系发行部调换

◆版权所有 ◆ 侵权必究

扫码获取数字资源

四川大学出版社
微信公众号

# 目录

| | | |
|---|---|---|
| 918 | 山中即景　李大钊 | 001 |
| 923 | 赤潮曲　瞿秋白 | 005 |
| | 莫斯科吟　蒋光慈 | 009 |
| 927 | 生命的象征　胡也频 | 013 |
| 929 | 别了，哥哥　殷夫 | 016 |
| 935 | 义勇军进行曲　田汉 | 021 |
| | 摇篮歌　蒲风 | 026 |
| 936 | 五月的鲜花　光未然 | 030 |
| 937 | 七月的延安　丁玲 | 035 |
| | 战斗的妇女　关露 | 045 |
| | 游击队歌　贺绿汀 | 049 |
| 938 | 老百姓偷枪（五更小调）——出现在晋北的一个事实　史轮 | 053 |
| | 胜利进行曲　锡金 | 058 |
| | 假使我们不去打仗　田间 | 062 |
| | 告同志　柯仲平 | 067 |
| | 守住我的战斗的岗位　陈辉 | 072 |

| | | |
|---|---|---|
| **1939** | 队长骑马去了 天 蓝 | 076 |
| | 歌唱吧，中国的儿女们! 冯乃超 | 087 |
| | 怀厦门 彭燕郊 | 093 |
| | 星 鲁 藜 | 100 |
| | 给"论持久战"的著者 卞之琳 | 104 |
| | 梨花湾的故事（节选） 孙 犁 | 107 |
| | 军队进行曲 公 木 | 111 |
| | 门 曾 卓 | 115 |
| **1940** | 羊圈 曼 晴 | 118 |
| | 生活 贺敬之 | 122 |
| | 冬夜之歌 井岩盾 | 126 |
| **1941** | 雷击死者 冯雪峰 | 130 |
| | 我来了 严 辰 | 134 |
| | 温暖的黎明——秋季反"扫荡"诗章之五 魏 巍 | 139 |
| | 一个声音 郭小川 | 143 |
| | 毛泽东 艾 青 | 150 |

|     |                                              |     |
| --- | -------------------------------------------- | --- |
|     | 我为少男少女们歌唱　何其芳                    | 153 |
| 942 | 歌唱二小　方　冰                              | 156 |
|     | 五月之夜呵　钱丹辉                            | 160 |
|     | 囚歌　叶　挺                                  | 165 |
|     | 肉搏　蔡其矫                                  | 171 |
| 943 | 爱恋　力　扬                                  | 175 |
| 944 | 边区是我们的家乡　高长虹                      | 179 |
| 945 | 王贵与李香香（节选）——三边民间革命历史故事　李　季 | 183 |
| 947 | 地层下面——为"春蛰"而歌　苏金伞                | 191 |
|     | 王九诉苦（节选）　张志民                      | 196 |
|     | 我的家　牛　汉                                | 201 |
| 948 | 青泥洼的诗章（节选）　陈　陇                  | 205 |
| 949 | 我的"自白"书　陈　然                          | 209 |
| 949 | 漳河水（节选）——漳河牧歌　阮章竞             | 212 |

**编后记**　　　　　　　　　　　　　　　　　　　　219

# 山中即景

李大钊

一

是自然的美,
是美的自然;
绝无人迹处,
空山响流泉。

二

云在青山外,
人在白云内;
云飞人自还,
尚有青山在。

三

一年一度果树红,
一年一度果花落;
借问今朝摘果人,
忆否春雨梨花白?

朗诵:惠政

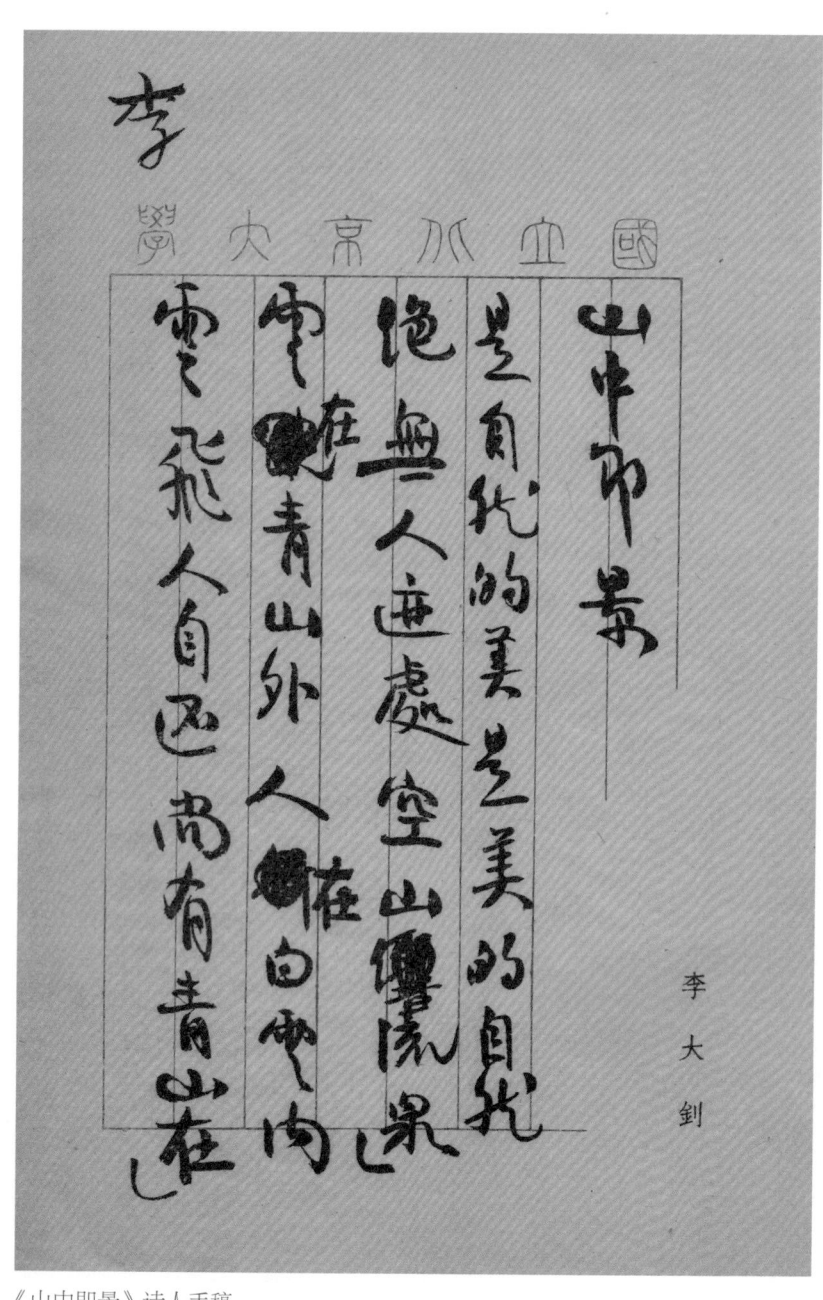

《山中即景》诗人手稿

李大钊（1889—1927），字守常，河北乐亭人。中国最早的马克思主义者和共产主义者、中国共产党的主要创始人之一。1913年赴日求学。1916年回国后积极投身新文化运动。1921年中国共产党成立后，李大钊代表党中央指导北方的工作，在党的二大、三大和四大当选为中央委员。1927年被奉系军阀逮捕后英勇就义，时年38岁。出版有《守常全集》《李大钊全集》等。

此诗是对山中景色的描绘，文笔洗练，构思精巧，趣味盎然，洋溢着革命者积极乐观的情绪。

《山中即景》之一、二初刊于1918年9月15日《新青年》第5卷第3号，之三见1918年8月19日《白坚武日记》（江苏古籍出版社，1992年2月版）。1933年，刘半农编辑的《初期白话诗稿》由北平星云堂书店影印出版，将《山中即景》之一、二放在第一篇，使珍贵的手稿得以保存。

1918年《新青年》
第5卷第3号封面

《初期白话诗稿》
1933年版封面

# 赤潮曲

瞿秋白

赤潮澎湃,
晓霞飞动,
　惊醒了
五千余年的沉梦。

远东古国
四万万同胞,
同声歌颂
神圣的劳动。

　猛攻,猛攻,
捶碎这帝国主义万恶丛。
　奋勇!奋勇!
解放我殖民世界之劳工

何论黑,白,黄,
无复奴隶种。
从今后,福音遍被,天下
文明。只待共产大同……

　看!
光华万丈涌。

朗诵:谢雨桐

瞿秋白（1899—1935），生于江苏常州，中国共产党早期领导人之一。1919年参加五四运动，后加入李大钊、张嵩年发起的马克思主义研究会。1920年作为特派记者赴莫斯科，1922年春加入中国共产党。1925年1月当选为中共四大中央执行委员。1927年5月在中共五大上当选为中央委员、中央政治局委员。大革命失败后，在汉口主持召开中共中央紧急会议，后任中共中央临时政治局常委，主持党中央工作。1934年2月到瑞金，任中华苏维埃共和国中央执委会委员、教育部部长等职。1935年2月在福建长汀被捕，同年6月就义。出版有《瞿秋白文集》。

《赤潮曲》初刊于1923年6月15日《新青年》季刊第1期，目录页署名秋白，正文署名秋藻，并附有乐谱。后收入《瞿秋白文集》，1953年10月由人民文学出版社出版。

1920年，瞿秋白作为《晨报》和上海《时事新报》特派记者前往莫斯科，1923年1月回国后不久，即着手从俄文翻译《国际歌》，并与《赤潮曲》一同刊于《新青年》季刊第1期。对读两篇作品，可见《赤潮曲》借鉴了《国际歌》的表现方式，用铿锵有力、激情飞扬的诗句鼓舞人们的斗志。《赤潮曲》在革命青年中广为传唱，被誉为"中国的《国际歌》"。

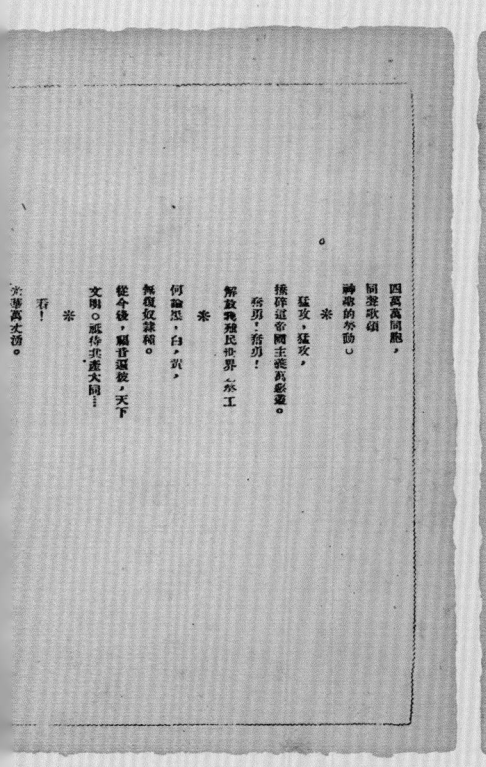
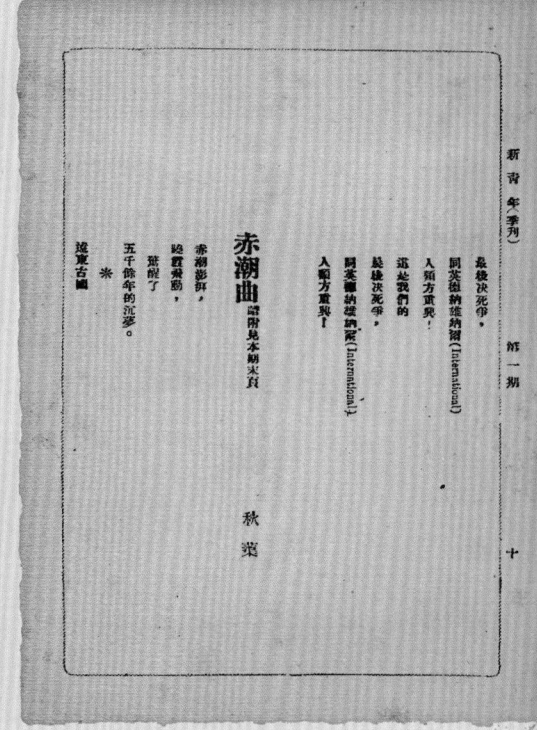

《赤潮曲》及乐谱，载1923年《新青年》季刊第1期

# 赤 潮 曲

# 莫斯科吟

蒋光慈

1923

莫斯科的雪花白，
莫斯科的旗帜红；
旗帜如鲜艳浓醉的朝霞，
雪花把莫斯科装成为水晶宫。
我卧在朝霞中，
我漫游在水晶宫里，
我要歌就高歌，
我要梦就长梦：

回忆过去所遗留的一点一点地迹痕，——
哭泣呢？
怨恨呢？
欢笑呢？
还是留恋呢？
不，朋友们！
那是过去的，
那是不可挽回的，
只合永远埋在被忘记的深窟里！

无涯的历史的河——
流啊！
流啊！
不断地流啊！

朗诵：董源

人类的希望旋转在你涌进的浪头上；
倘若你不流了，——
停止了，
不前进了，
人类的希望就沉没了，
将永沉没于黑暗之乡！

朋友们！
莫相信人类的历史永远是污秽的，
它总有会变成雪花般漂亮而洁白的一日。
我昨夜梦入水晶宫里，
得到一个确实的消息：
人类已探得了光明的路口，
现在正向那无灰尘的国土进行呢。

朋友们！
莫回顾那生活之过去的灰色黑影，
那灰色黑影真教我羞辱万分！
我今晨立在朝霞云端，
放眼一看：
好了！好了！
人类正初穿着鲜艳的红色衣襟。

十月革命，
如大炮一般，
轰冬一声，
吓倒了野狼恶虎，
惊慌了牛鬼蛇神。
十月革命，

又如通天火柱一般,
后面燃烧着过去的残物,
前面照耀着将来的新途径。
哎!十月革命,
我将我的心灵贡献给你罢,
人类因你出世而重生。

一二,一二。

蒋光慈(1901—1931),原名蒋宣恒,生于安徽金寨。1920年经陈独秀介绍,至上海参加社会主义青年团。1921年入莫斯科东方共产主义劳动大学中国班学习,次年加入中国共产党。1924年回国,在上海大学社会学系任教。1928年,与孟超、钱杏邨等人成立革命文学团体太阳社,主编《太阳月刊》《拓荒者》等刊物。1929年11月赴日疗养期间,主持成立太阳社东京支部。回国后与鲁迅、柔石、冯雪峰等人组成中国左翼作家联盟(左联)筹备小组。1930年3月,左联成立时被选为候补常务委员。出版有《新梦》《哀中国》等诗集。

《莫斯科吟》作于1923年12月,后收入诗集《新梦》,1925年1月由上海书店出版。作品热情歌颂了"十月革命",是所见最早歌颂"十月革命"的新诗。

诗集《新梦》1925年版封面

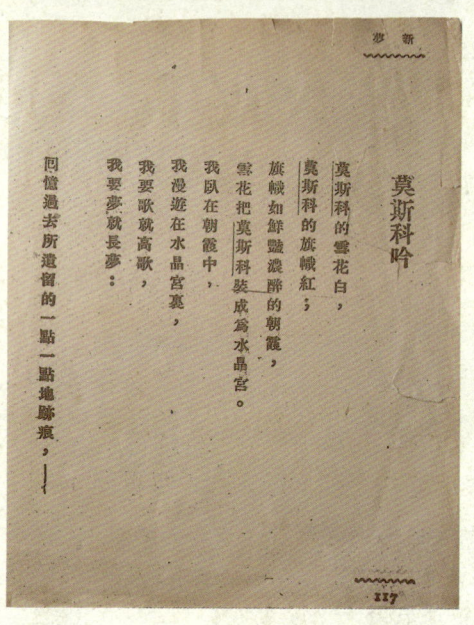

《新梦》内文

# 生命的象征

1927

胡也频

如同是一粒火种，
由萌芽，伸展，
成灿烂之朝阳。

当旺盛之时，
可使玉石粉碎，钢铁变软，
化黑暗为光明。

但其热烈之力，
终因时间而消耗，
火焰如垂暮之天野。

熄灭了，
则原有的伟大之生存，
亦如既散之烟，无人见其痕迹。

北京。

朗诵：李梓涵

## 诗

### 生命的象征

胡也频

如同是一粒火倾，
由萌芽，伸展，
成烂烂之朝阳。
当旺盛之时，
可使玉石粉碎，
化黑暗为光明。
但其热烈之力，
移因时间而消耗，
火焰如飞萤之灭野。
熄灭了，
则原有的像大之生存，
亦如既散之烟，无人见其踪迹。

北京。

《生命的象征》，载1928年2月2日《晨报副刊》

胡也频（1903—1931），别名胡崇轩，祖籍江西省新建县。1924年参与编辑《京报》副刊《民众文艺周刊》，开始发表小说、散文。1930年参加左联，被推为代表参加在上海秘密召开的全国苏维埃区域代表大会，同年11月加入中国共产党。1931年1月被捕，2月7日被秘密杀害。出版有诗集《也频诗选》，小说《到莫斯科去》《光明在我们的前面》等。

《生命的象征》1927年作于北京，初刊于1928年2月2日《晨报副刊》，又刊于1929年4月10日《红黑》月刊第4期，后收入《胡也频诗稿》，1981年1月由四川人民出版社出版。

1927年底，胡也频闲居北京，生活潦倒，该诗即为诗人此时有感于大革命失败惨状与个人生活凄苦心态的体现。1928年，胡也频与丁玲同赴上海，主编《红与黑》杂志，继续投身革命事业，最终献出了宝贵的生命。

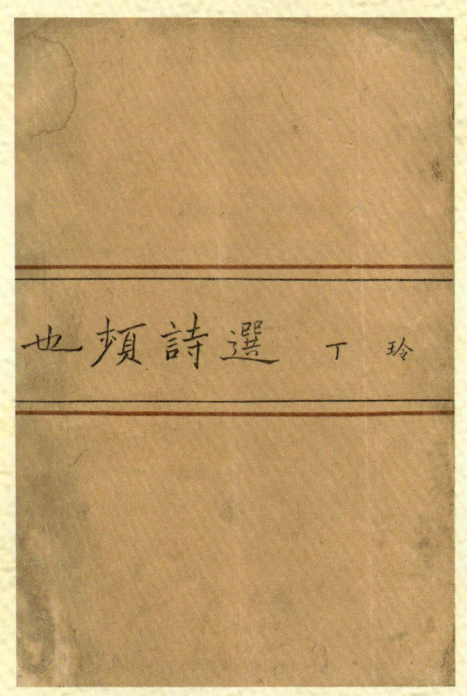

《也频诗选》封面（书名由丁玲题写）

# 别了,哥哥

(作算是向一个 Class 的告别词吧!)

1929

殷　夫

别了,我最亲爱的哥哥,
你的来函促成了我的决心,
恨的是不能握一握最后的手,
再独立地向前途踏进。

二十年来手足的爱和怜,
二十年来的保护和抚养,
请在这最后的一滴泪水里,
收回吧,作为恶梦一场。

你诚意的教导使我感激,
你牺牲的培植使我钦佩,
但这不能留住我不向你告别,
我不能不向别方转变。

在你的一方,哟,哥哥,
有的是,安逸,功业和名号,
是治者们荣赏的爵禄,
或是薄纸糊成的高帽。

朗诵:董源

只要我，答应一声说，
"我进去听指示的圈套"
我很容易能够获得一切，
从名号直至纸帽。

但你的弟弟现在饥渴，
饥渴着的是永久的真理，
不要荣誉，不要功建，
只望向真理的王国进礼。

因此机械的悲鸣扰了他的美梦，
因此劳苦群众的呼号震动心灵，
因此他尽日尽夜地忧愁，
想做个 Prothemea 偷给人间以光明。

真理和愤怒使他强硬，
他再不怕天帝的咆哮，
他要牺牲去他的生命，
更不要那纸糊的高帽。

这，就是你弟弟的前途，
这前途满站着危崖荆棘，
又有的是黑的死，和白的骨，
又有的是砭人肌筋的冰雹风雪。

但他决心要踏上前去，
真理的伟光在地平线下闪照，
死的恐怖都辟易远退，

热的心火会把冰雪溶消。

别了,哥哥,别了,
此后各走前途,
再见的机会是在,
当我们和你隶属着的阶级交了战火。

1929.4.12.

殷夫(1910—1931),原名徐白,又名白莽,浙江象山人。1927年"四一二"反革命政变中被捕关押3个月,同年加入中国共产党。1929年重返上海从事共青团和工人运动工作,因组织上海丝厂工人罢工遭捕。1930年加入左联,1931年1月再次被捕,2月7日被秘密杀害。所作诗歌生前自编为《孩儿塔》,鲁迅曾作《白莽遗诗序》称赞:"这是东方的微光,是林中的响箭,是冬末的萌芽,是进军的第一步,是对于前驱者的爱的大纛,也是对于摧残者的憎的丰碑。"(《白莽遗诗序》,1936年4月1日《文学丛报》诞生号)出版有诗集《殷夫选集》。

# 血 字

殷　夫

1　血字……………1
2　意志的旋律………4
3　一個紅的笑………7
4　上海禮讚…………10
5　春天的街頭………11
6　別了，哥哥………12
7　都市的黃昏………16

## 血 字

血液寫成的大字，
斜斜地躺在南京路，
這個難忘的日子——
潤飾着一年一度……

《血字》，載1930年《拓荒者》第4、5期合刊

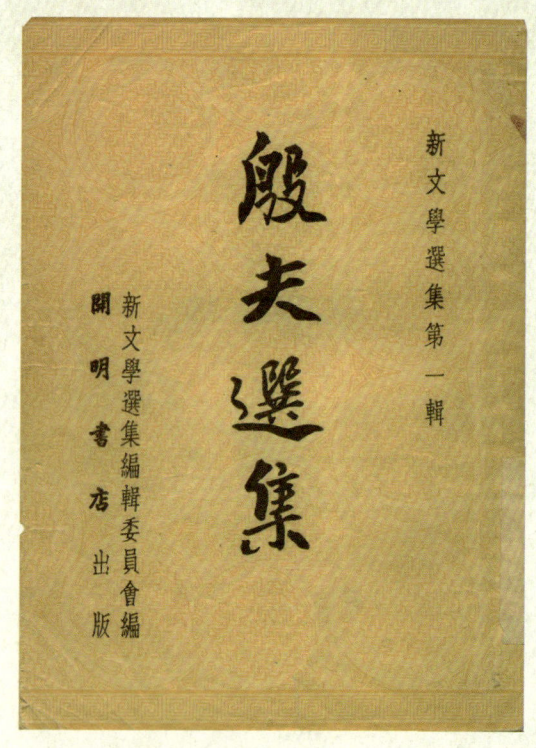

《殷夫选集》1951年版封面

  《别了,哥哥》作于1929年4月12日,初刊于1930年5月《拓荒者》第4、5期合刊,为诗辑《血字》之一首。同期还刊出了殷夫署名Ivan的《写给一个哥哥的回信》。

  殷夫的哥哥徐培根曾任徐州总司令部中校参谋、第五军参谋处处长、军政部航空署署长、参谋本部厅长等要职,殷夫前两次被捕入狱均由哥哥保释出狱。《别了,哥哥》与《写给一个哥哥的回信》分别用诗歌和散文的形式诉说哥哥对自己的养育之恩,但诗人坚定的革命立场使他选择了投身革命事业,与代表敌对阶级的哥哥诀别。

# 义勇军进行曲

## 田 汉

1935

起来!
不愿做奴隶的人们,
把我们的血肉,筑成我们新的长城!
中华民族到了最危险的时候,
每个人被迫着发出最后的吼声!
起来!
起来!
起来!
我们万众一心,冒着敌人的炮火,
前进
冒着敌人的炮火,
前进!
前进!
前进!
前进!

演唱:上海乐团合唱队 指挥:曹丁

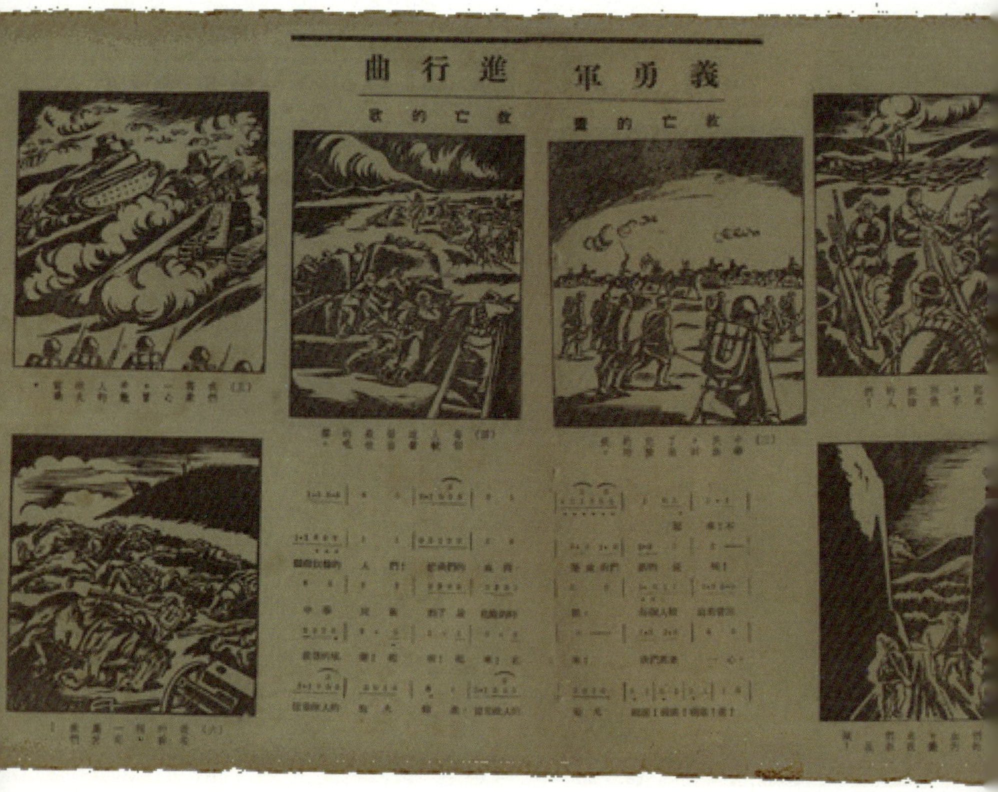

《义勇军进行曲：救亡的画，救亡的歌》，载 1937 年 10 月 15 日《抗战画报》第 7 期

田汉（1898—1968），湖南长沙人。1930年加入左联。1932年加入中国共产党，担任中国左翼戏剧家联盟党团书记、中共上海中央局文化工作委员会委员等职。抗战全面爆发后，积极投身抗战戏剧运动。1937年12月参与中华全国戏剧界抗敌协会组织工作。1949年后，历任文化部戏曲改进局局长和党组书记、中华全国文学艺术界联合会（全国文联）副主席等职。出版有《田汉诗选》等。

《义勇军进行曲》为电影《风云儿女》的主题歌，田汉作词，聂耳作曲。歌曲初刊于1935年5月20日《青青电影》第2卷第2期。1935年7月1日《电通》第4期刊出改编为电影《风云儿女》的同名原著，篇末保留了田汉歌词的最初版本，据此可知谱曲后的歌词有改动。

1949年9月27日，中国人民政治协商会议第一届全体会议正式通过以《义勇军进行曲》为代国歌。2004年3月14日，第十届全国人民代表大会第二次会议通过的《中华人民共和国宪法修正案》正式将《义勇军进行曲》作为国歌写入宪法。2017年6月22日，第十二届全国人民代表大会常务委员会第二十八次会议通过《关于〈中华人民共和国国歌法（草案））的说明》："《义勇军进行曲》以铿锵有力的词句伴着雄壮激昂的旋律，唱出了中国人民反帝爱国的强烈心声，激励着中华儿女挺起脊梁、众志成城，以血肉之躯筑起拯救民族危亡的钢铁长城。" 同年9月1日，第十二届全国人民代表大会常务委员会第二十九次会议通过《中华人民共和国国歌法》。

1935年《青青电影》第2卷第2期封面

《义勇军进行曲》曲谱，载1935年《青青电影》第2卷第2期

# 摇篮歌

蒲 风

**1935**

孩子,你快长快大吧!
　　空气是无量,
　　土地是阔广;
你的保姆是无数,
　　褴褛群里,
　　摇篮歌为你歌唱;
孩子,歌声是雄壮!

孩子,你快长快大吧!
　　妈妈是铁,
　　爸爸是钢;
两肩担起一切艰巨,
　　污秽里迈步,
　　危难中挺身;
前方,新的明珠在辉煌!

　　没有足够的奶,
　　没有充分的教养;
饥饿,寒冻,疾病中,
孩子,你该当生长!
　　我们是保姆,

朗诵:李梓涵

远开吧，远开吧，
　　　你魔鬼的手掌！

　　不要贵妇人的抚慰，
　　　不要大肚皮的相帮；
嘲笑，欺凌，压迫中，
孩子，你更该当生长！
　　我们是保姆，
　　　粉碎吧，粉碎吧，
　　你妖怪们的技俩！

　　跳入火坑，
　　　投入巨浪；
孩子，共着你生存，
　　共着你死亡！
　　火坑中有金光照眼，
　　　巨浪里有战鼓擂唱；
孩子，你要快大快长！

　　吃尽风霜，
　　　历尽战场；
孩子，共着你生存，
　　共着你死亡！
　　风霜里孕育着新春，
　　　战境上我们的旗帜飘扬；
孩子，你要快大快长！

蒲风1935年在东京

蒲风(1911—1942),原名黄日华,广东梅县人。1927年加入中国共产主义青年团。1938年加入中国共产党,同年1月底受党组织派遣,到国民党陆军154师922团任团部书记室主官。1940年参加新四军。1942年8月13日因病逝世于安徽天长。出版有《生活》《抗战三部曲》《摇篮歌》等诗集。

诗集《摇篮歌》1937年版封面

《摇篮歌》1935年12月7日夜作于东京,初刊于1936年3月5日《诗歌生活》第1期。后收入诗集《摇篮歌》,1937年2月由诗歌出版社出版。该诗曾由孙慎谱曲,刊于1936年7月16日《妇女生活》第3卷第1期,在社会上广泛传唱。1944年冼星海在苏联治病时,还曾为《摇篮歌》中两节诗另作一曲。

该诗以摇篮歌的形式诉说父母们在艰苦环境中创造新世界、保卫下一代的辛劳;同时抒发希望孩子们赶快成长,尽早投入革命队伍的殷切期盼。田间讲:"《摇篮曲》(应为《摇篮歌》)很有特点。在那时,新诗已有这样的成就,内容和形式的统一,思想感情的充沛,语言的简洁、洗炼,充满着朝气,使我一读再读,不容易放下。"(《田间自述(二)》,1984年8月《新文学史料》第3期)

1936年《诗歌生活》创刊号封面

# 五月的鲜花

光未然

**1936**

五月的鲜花开遍了原野,
鲜花掩盖着志士的鲜血,
为了挽救这垂危的民族,
他们曾顽强地抗争不歇。

如今东北已沦亡了五年,
我们天天在痛苦中熬煎,
失掉自由更失掉了饭碗,
屈辱地忍受那无情皮鞭!

敌人的铁蹄越过了长城,
中原同胞依然歌舞升平,
"亲善","睦邻",啊!卑污的投降!
忘掉国家更忘掉了我们!

再也忍不住满腔的忿怒,
我们期待着这一声怒吼,
吼声惊起这不幸的一群,
被压迫者一齐挥动拳头!
吼声惊起这不幸的一群,
被压迫者一齐挥动拳头!

朗诵:程丹玉

新行队合唱《五月的鲜花》,载1937年6月1日《东方画报》第34卷第11号

## 關於「五月的鮮花」

光未然

在本刊第六期上看到「五月的鮮花」歌和孫慎先生對於這歌的原譜疏證這歌是東北大學習樂指導慰問先生做的，我愛原譜的激昂憤慨，但我也愛得該在這裏說幾句話。

這個歌是我在去年五月爲漢口「拓荒劇團」所寫的一個獨幕劇「阿銀姑娘」的序曲原名「五月花」。曾由武昌藝專音樂教授馬樅白先生製譜原劇本及歌詞一併登載在漢口出版的「自由」週刊第十二期上這刊物便在這一期率令停刊。廿期—還最後的一期也同時禁止發售。

「阿銀姑娘」一劇以最大的努力終於在去年五月廿一日在漢口上演了這次因時間倉促，五月花序曲並沒有唱，以後還劇本會在另外兩個學校及漢口青年演過我不知道因爲他們始終沒有通知我。

我不知道這一首很平凡的歌何以會流傳到東北和太原商且感動了那麼多熱情的青年我更不知道在輾轉傳誦的過程中何以會錯展出那麼一段淒厲悲壯的故事來。

還要我有所點需該指出的第一新刊出的歌辭已不是友人馬君的原譜疏證是東北失掉自由天天在痛苦中煎熬可惜原譜我已忘得不大清楚不能抄出多證了。第二歌詞因輾轉傳抄不免有錯誤的地方。如第一段末句「抗戰」「如今東北」係「如今東北」之誤第二段「如今東北」係「抗爭」之誤第三段「敵人的鐵蹄已越過了長城」係「敵人的鐵蹄越過了長城」之誤「失掉自由更失掉餓碗」係「失掉自由更失掉了餓碗」之誤「無情的皮鞭」係「無情皮鞭」之誤第四段「滿腔的怒恕」之誤又最後反覆的兩句也被刪掉了。現在這條「五月花」歌詞原文照錄在下面的吧。

五月的鮮花開遍了原野，鮮花掩蓋著志士的鮮血，爲了挽救這乘危的民族，

　　×　　×　　×

他們曾頌強地抗爭不歇。

　　×　　×　　×

如今東北已淪亡了五年，我們天天在痛苦中煎熬，失掉自由更失掉了餓碗，屈辱地趁受那無情皮鞭。

　　×　　×　　×

敵人的鐵蹄越過了長城，中原同胞快起那昇平，「親善」「睦鄰」卑汚的投降！忘掉國家更忘掉了我們。

　　×　　×　　×

敵人的鐵蹄越過了長城，「親善」「睦鄰」卑汚的投降，吼醒發起這一聲怒吼，吼醒發起這一聲怒吼！

　　×　　×　　×

被壓迫者一齊揮動拳頭吼醒發起這不幸的一羣，被壓迫者一齊揮動拳頭！

最後我懇求唱這歌的朋友們能將錯誤的地方自動改正過來。「市上發賣的單頁也請加以更正」否則我以此傳說那對於作者將是一種不能忍受的痛苦

一九三七，五月，上海

《关于〈五月的鲜花〉》，载1937年《新学识》第1卷第9期

光未然（1913—2002），本名张光年，湖北老河口人。1929年加入中国共产党。1939年率抗敌演剧队第三队由晋西到延安，同年创作组诗《黄河大合唱》。1942年到昆明，任北门出版社和《民主增刊》编辑。1946年到华北，先后任北方大学艺术学院主任，华北大学第三部副主任。1949年后曾任中国作家协会书记处书记、党组书记、《文艺报》《人民文学》主编等职。出版有《雷》《五月花》《黄河大合唱》等诗集。

《五月的鲜花》1936年5月作于汉口，初刊于同年汉口《一般周刊》第20期。次年光未然作文《关于〈五月的鲜花〉》，文中录有经诗人补正的歌词。后收入冼星海等编的《抗战歌曲集》，1937年12月由上海生活书店出版。又收入诗集《五月花》，1960年5月由作家出版社出版。歌词赞颂为民族牺牲的志士，控诉罪恶的侵略者，唤醒广大民众奋起抗争，深沉而有力量。

光未然说："这个歌是我在去年五月为汉口'拓荒剧团'所写的一个独幕剧《阿银姑娘》的序曲，原名《五月花》，曾由武昌艺专音乐教授马丝白先生制谱。原剧本及歌词一并登载在汉口出版的《一般周刊》第二十期上。这刊物便在这一期奉令停刊，第二十期——这最后的一期也同时禁止发卖。"（《关于〈五月的鲜花〉》，1937年6月5日《新学识》第1卷第9期）

《新学识》第1卷第9期封面

# 七月的延安

丁 玲

**1937**

连绵的雨青了
延安的山川田园
　莴苣黄瓜铺满郊外
　　香甜
　荞麦小麦玉蜀黍长满山巅
　　丛密密只露出
　　几座残堡一塔耸天
连绵的雨迷朦了
延安的山川
　云雾飞逝炊烟迅灭
　　狂热的欢呼
　　尽情的享受
　　　晚会未曾散
风一阵
雨一片
歌声掩盖了急雨
　"保卫我们的祖国
　　保卫全世界的和平"

院中寂静悄无人
烛光摇摇不定

朗诵：方昱力

灯下的人无声
　　沉入了书里
　　沉入了马列的教训
我走进小屋
　　新裱的窗棂天花板
　　　美的图案
　　这时……
我褪了长靴
　　解开武装带
　　　壁上挂了戎装
　　　枕下安置短枪
　　顿时有一阵松快
　　　千斤的负担轻轻从我肩上滑解
七月的风温柔的
敲窗的雨清凉细腻
　　被撩起的青春的心
　　　在热忱里失眠了
　　有压抑不住的快乐


　　听呵这是什么声响
洛川的河流琅琅
延水锵锵带来了
民间欢唱
　　今年雨水好土地肥
　　汽车装来耕具一大堆
　　士兵哥哥又把耕事催
你一耙　我一锄
　　田里长了苗呵

绿油油　清香四方飘送
免了捐税　领了路条
　今年的丰收　不会白费
听呵这是什么声响
　风动树枝
　　小鸟在檐下啾唧告诉了
民间欢腾
　投票呵　阿黄
　　你写方块字
　　我用拉丁化
　　　一样
　　张老伯不错
　　李牛儿也可当选
　自伙儿来吧
　　自己的事　我们自己管
这是什么地方
　这是乐园
　　我们才到这里半年
　　说不上伟大建设　但
　街衢清洁　植满槐桑
　　没有乞丐　也没有卖笑的女郎
　　不见烟馆　找不到赌场
　百事乐业
耕者有田
八小时工作　有各种保险
　那些蹀躞在街头的
　　漂亮的工人装　全来自
　　武汉　西安　沪上

037

四方八面来了
学生几千　活泼　聪明
　　　　　全是黄帝的优秀子孙
　　具着决心
　　　"誓死不做亡国奴"
　　学着革命理论
　　学着军事技术
　　　锻炼成百战不毁身
准备上前线
　热的血　翻滚
　赤的心　熬煎
　　　想着　天那方
　　　　中国的父老儿女
　　　　　受尽了屠杀惨伤
　　拼将　头颅堕地
　　　碎骨粉身
　　要　挽救危亡
　　　夺回土地
　　　　争取民族的荣光
　　健儿们
　　勇敢向前　抗敌
　　　　　卢沟桥　炮火又响
　　　　　把这群强盗杀光


　　武装　十万
　　　威震过全球
　　　历史上写了新的纪录
铁的抗日军　日本鬼子也担忧

冲破炮火的围墙
　　千万里
整理了包裹　背上行囊
　　刺刀已出鞘
　　愿做先锋
十年奋斗
只为今朝
　滴滴血肉　都要洒在
　　抗敌的疆场
　解放被压迫的民族
　建立崭新的国土
　　号炮响了
　　　英勇的战士们
　　冲冲冲

七月的风　自由
　软软的吹
　　飘荡在延安城中

七月的风　汹涌
　澎湃在延安城中
　　杀敌的情绪　浓重

七月的风　腥臭
　从灭亡了的国土
　　刮到延安城中
失眠的青春的心
　又被愤怒啃咬

激烈的弹起了
　　　　穿上靴
　　　　束紧武装带
　　　　戎装在壁上消失
　　　　　　短枪插在腰
　　冲出小屋
　　　　雨仍在空中飘
　　　　　　连绵的　温柔的
　　　　　　　　轻轻在脸颊抚摸
　　七月的延安　太好了
　　　　但青春的心
　　却燃烧着
　　要把全中国化成像一个延安

丁玲在延安

丁玲（1904—1986），原名蒋伟，字冰之，湖南临澧人。1930年加入左联，1931年主编《北斗》，并任左联党团书记。1932年3月加入中国共产党。1933年5月被国民党特务绑架软禁。1936年9月成功获营救，同年11月赴陕北保安，1937年初到延安。1942年5月参加延安文艺座谈会。历任第十八集团军西北战地服务团主任，《解放日报》文艺副刊主编，边区文化协会副主任等职。1949年后历任中国作家协会党组书记、副主席、《文艺报》主编、《人民文学》副主编、《中国》主编等职。出版有《莎菲女士的日记》《太阳照在桑干河上》《陕北风光》《延安集》等作品。

1936年11月丁玲抵达陕北后，受到热烈欢迎，中央宣传部在一个窑洞里召开欢迎会，毛泽东、张闻天、周恩来、博古等中央领导参会。十多天后丁玲主动要求随军北上参与战斗，在行军过程中写下了一系列文学作品。同年12月毛泽东作《临江仙》一词用军队电报拍发给在前线的丁玲："壁上红旗飘落照，西风漫卷孤城。保安人物一时新。洞中开宴会，招待出牢人。　纤笔一枝谁与似？三千毛瑟精兵。阵图开向陇山东。昨天文小姐，今日武将军。"

1937年初，丁玲陪同史沫特莱从前线回到延安，延安的生活见闻激发了她的创作热情。丁玲讲："看来似乎是荒芜的冷淡的陕北的山川，然四野却也杂乱的怒放着许多奇葩。""创设了苏维埃的人们，和那些从土地革命生长出来的人们，具着新生的明朗的气氛，在各种工作方面显示了独特的明快的作风。在文艺上也呈现出活泼、轻快、雄壮的优点。"（《文艺在苏区》，1937年5月11日《解放》周刊第1卷第3期）

1937年《抗战文选》第3辑封面

《七月的延安》1937年7月10日作于延安,诗人用饱含深情的笔调对延安从自然景色到政治生活进行了全景式的描摹歌颂。据阮章竞主编《中国解放区文学书系·诗歌编》注释,该诗初刊于1937年11月5日《妇女前哨》创刊号,所见最早的文本收入向愚编选的《抗战文选》第3辑,目录页署名"丁伶",正文署名"丁

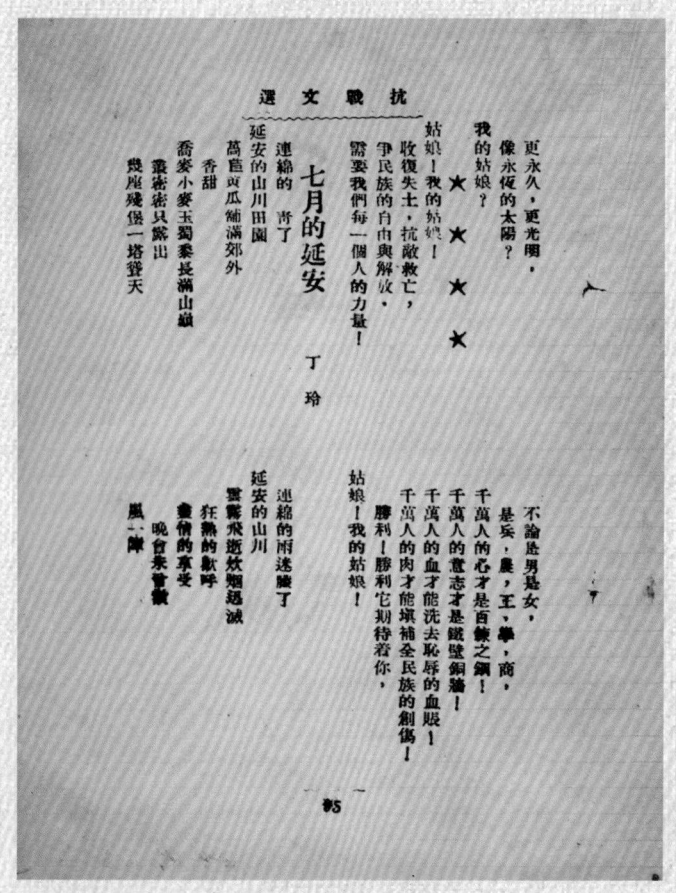

《七月的延安》，载1937年《抗战文选》第3辑

玲"，1937年12月20日由战时出版社出版。此诗后总题《丁玲近作四篇》收入俞士连编《最近的丁玲》一书中，1938年3月1日由长虹书局刊行，诗句有修改。又收入丁玲编著的诗文集《一年》，作为"西北战地服务团丛书之九"，1939年3月由生活书店出版，诗句又有改动。

# 战斗的妇女

关 露

1937

起来,快用我们的血,
洗尽民族的羞,
不让敌人的旗帜,遮盖我们的头。
妇女们,从来想自由,
为着自由
不怕生死的决斗。
现在,正是生死存亡的秋,
敌人的强盗军,
逼我们把自由出售。
起来,快用我们的血,
洗尽民族的羞,
不让敌人的旗帜遮盖我们的头。
妇女的解放和自由,
要在民族解放后。

朗诵:程丹玉

关露（1907—1982），原名胡寿楣，生于山西太原。1932年加入左联及妇女抗日反帝同盟，同年春加入中国共产党。曾参与中国诗歌会工作及《新诗歌》刊物编辑。为电影《十字街头》写作歌词《春天里》，经贺绿汀谱曲后广为传唱。1939年受党组织派遣长期从事地下工作。1949年后曾在《关东日报》编辑部、华北大学、文化部电影局工作。出版有诗集《太平洋上的歌声》。

《战斗的妇女》初刊于1937年9月15日《战时妇女》第3期，同年由郑律成谱曲更名为《战斗妇女歌》。诗作以炽热的语言鼓励妇女投入抗日救亡的洪流，表现出昂扬的战斗意志和对女性自由与独立的追求。20世纪30年代初，关露曾深入工厂，组织"工人读书班""诗歌小组""姐妹团"等团体，向女性宣传抗日的革命理念。她深信救亡的民族大义，以自己的一生践行了诗中蕴含的崇高精神。

《战斗的妇女》,载 1937 年《战时妇女》第 3 期

《战斗妇女歌》曲谱,郑律成作曲

诗集《太平洋上的歌声》封面

# 游击队歌

贺绿汀

1937

我们都是神枪手，
每一颗子弹消灭一个仇敌，
我们都是飞行军，
那怕那山高水又深；
在密密的树林里，
到处都安排同志们的宿营地，
在高高的山岗上，
有我们无数的好兄弟；
没有吃，没有穿，
自有那敌人送上前，
没有枪，没有炮，
敌人给我们造；
我们生长在这里，
每一寸土地都是我们自己的；
无论谁要强占去，
我们就和他拼到底！

那怕日本强盗凶，
我们的兄弟打起仗来真英勇，
那怕敌人枪炮狠，
找不到我们的踪和影；
让敌人乱冲撞，

演唱：中国人民解放军合唱团

我们的阵地建在敌人侧后方，
敌人战线愈延长，
我们的队伍愈扩张；
不分穷，不分富，
四万万同胞齐武装，
不论党，不论派，
大家都来抵抗；
我们愈打愈坚强，
日本的强盗自己走向灭亡；
看最后的胜利日，
世界的和平现曙光！

《游击队歌》曲谱，载1938年《自由中国》第2号

贺绿汀（1903—1999），原名贺安卿，湖南邵阳人。早年参加湖南农民运动和广州起义。1937年"八一三"事变后，参加上海救亡演剧队，后在重庆育才学校任教。1941年皖南事变后，参加新四军，在军部和鲁迅艺术学院华中分院从事音乐创作和教学工作。1943年赴延安，任陕甘宁晋绥联防军政治部宣传队音乐教员、延安中央管弦乐团团长等。1949年任上海音乐学院院长，同年加入中国共产党。后当选全国文联副主席、中国音乐家协会副主席、全国政协常委。代表曲作有《牧童短笛》《摇篮曲》《嘉陵江上》《游击队歌》等。

《游击队歌》作于1937年底，当时贺绿汀随上海救亡演剧队演出至山西临汾。1938年初，歌曲在山西洪洞县八路军总司令高级干部会议的晚会上首次演出。词曲初刊于1938年5月10日《自由中国》第2号，后收入《抗战歌声》第1集，1938年6月由会文图书社出版。歌词精练通俗，语句简洁严整，音律和谐上口，生动描绘了游击队员的生活状态与战斗经历，富于感染力和鼓动力。

1938年《自由中国》第2号封面

贺绿汀讲:"《游击队歌》在创作以前我也从各种角度考虑了很久。游击战争的战略战术是一回事情,如何把这些战略战术的方针体现在具体的群众歌曲中,那又是另一回事情,它必须通过生活形象,赋予一定感情趣味,才能使唱和听的人有兴趣。但是游击队的生活与游击队员的思想感情也是很复杂的、多方面的,必须有所选择与集中才能生动而又有积极的教育意义。因此在歌词方面强调英勇、顽强、机智、乐观的一面,在音乐处理方面则侧重愉快、活泼的军队行进的节奏。"(《〈游击队歌〉创作经过》,刊于1961年8月13日《解放日报》第4版)

# 老百姓偷枪（五更小调）
——出现在晋北的一个事实

史 轮

1938

一更里
　月正明，
　我们要进敌兵营。
　腰里暗藏杀猪刀，
　大家跑起来一溜风。
二更里
　月平西，
　蹲在山凹出主意。
　鬼子哨兵睡着了，
　可不要把他惊动起！
三更里，
　月儿降，
　进来敌营莫慌张！
　他们睡得像死猪，
　悄悄地摘下他的枪。
四更里
　黑沉沉，
　我们出了敌营门。
　卧倒射击砰砰叭！
　看你们还杀中国人？！

朗诵：张龙赫

五更里
东方明，
武装起来多精神！
东南西北去游击，
打他的汽车收县城。

史轮画像，倪贻德作

史轮（1908—1942），原名马清瑞，出生于河北省邱县。1930年加入中国共产党。1937年10月参加西北战地服务团，1938年底到达晋察冀边区，与田间、邵子南等共同发起"街头诗运动"。出版有《白衣血浪》《战前之歌》等诗集。

《老百姓偷枪》采用民间小曲"五更调"的形式，记录了晋北地区老百姓深入敌营偷出武器奇袭敌人的故事，语言明白晓畅，曲调轻快活泼。此诗初刊于1938年3月12日《群众》周刊第13期，后由劫夫配曲刊于1938年9月10日《中国诗坛》第2卷第5、6期合刊。陆田所作连环画《老百姓偷枪》刊于1939年9月《伤兵之友》第45期。

《西北战地服务团出外十月来之工作报告》讲："在一年中我们小调的产生的确不少，我们到一处，编一处，教一处，无论山西陕西这些小调都非常流行了。除了这些使用做可宣传的形式大众化以外，在文字上，力求其合乎大众的兴趣，多用口头俗语……题材也是捡着最近发生的故事，和在乡村中常有的一些事情，如《老百姓偷枪》《老婆子苦》《我们要做个游击队》《加入抗日军》等。"（《西线生活》，生活书店1939年4月版）

连环画《老百姓偷枪》，载 1939 年《伤兵之友》第 45 期

诗集《白衣血浪》封面

# 胜利进行曲

锡 金

**1938**

看我们庄严的旗帜
在美丽的晴空里乘风飘扬
我们的战斗是持久而坚强
攻取了每一个城堡
敌人都狼狈奔逃
弟兄们昨日的艰难困苦
今日已有了最大的报偿
我们要把胜利的歌儿高唱
这是胜利的开始
我们更要大踏步走向胜利的明天
我们越战斗越英勇
啊　中国的独立自由幸福
招展在我们眼前。

看我们击倒了侵略者
永不许他再站在我们土地上
要把那正义和真理来伸张
谁夺取我们的自由
宁死都决不甘休
弟兄们像一个能干猎人
我们来消灭凶暴的豺狼
今天要来算算这笔无理底血账

朗诵：饶天悦

这是胜利的开始
我们更要大踏步走向胜利的明天
我们越战斗越英勇
啊　中国的独立自由幸福
招展在我们眼前。

看我们大踏步向前进
让敌人仅有飞机和毒气机关枪
什么也没能力把我们阻挡
我们都人人是英雄
钢铁的队伍和心胸
弟兄们挨过了漫漫黑夜
明天要迎接灿烂的阳光
我们要把胜利的歌儿高唱
这是胜利的开始
我们更要大踏步走向胜利的明天
我们越战斗越英勇
啊　中国的独立自由幸福
招展在我们眼前。

锡金(1915—2003),原名蒋锡金,祖籍江苏宜兴。曾任《抗战文艺》执行编委,并应茅盾之邀协同创办《文艺阵地》半月刊。1938年2月加入中国共产党。1939年参加江南游击战争,在江南抗日义勇军任江南社记者,出入抗日前线。1945年5月赴淮南解放区,在新四军宣教部、新华社华中分社、山东省文联等处工作。1947年至佳木斯东北大学任教,后一直从事教学工作。出版有诗集《黄昏星》。

《胜利进行曲》1938年作于汉口,为话剧《台儿庄》插曲。初收入集体创作话剧《台儿庄》,1938年6月由读书生活出版社出版。次年收入《抗战歌声》第3集,1939年10月由会文图书社出版,增加标点,文字有改动。歌词以雄浑的气势反映中华儿女团结一心庆祝胜利的爱国热情,热烈歌颂前线战士们保家卫国的英勇战斗。

话剧《台儿庄》1938年版封面　　　　诗集《黄昏星》封面

关于话剧《台儿庄》的创作，蒋锡金讲："4月6日以后，武汉和各地都欢腾鼓舞地庆祝着'台儿庄大捷'，我们那时还未料到紧接而来的就是'徐州突围'，所以大家都还是兴奋异常……我们也在乃超的建议下，集合了王莹、舒群、适夷、罗荪、罗烽和我共六人搞集体创作，合写了一个三幕剧《台儿庄》。这个剧本有两个特点，是在最初的集议中决定的：第一、它只是着力写工农群众积极支援前线，把这作为此次战役取得胜利的根本原因，虽然写到士兵，但绝不写到指挥作战的将领；第二、它避免写到任何恋爱的情节，连沾点儿影子的也不写，因为我们反对用恋爱的情节作为剧本或戏剧的油膏或润滑剂。当时是有人反对这第二点的，但王莹却坚持主张这点，所以还是这样写了。剧本写成后，贺绿汀为我们谱写了它的主题歌《胜利进行曲》。"（《冯乃超在武汉》，1985年2月《新文学史料》第1期）

# 假使我们不去打仗

田 间

**1938**

假使我们不去打仗,
敌人用刺刀
杀死了我们,
还要用手指着我们骨头说:
　"看,
　　这是奴隶!"

　　　　　　　1938 年作

朗诵:惠政

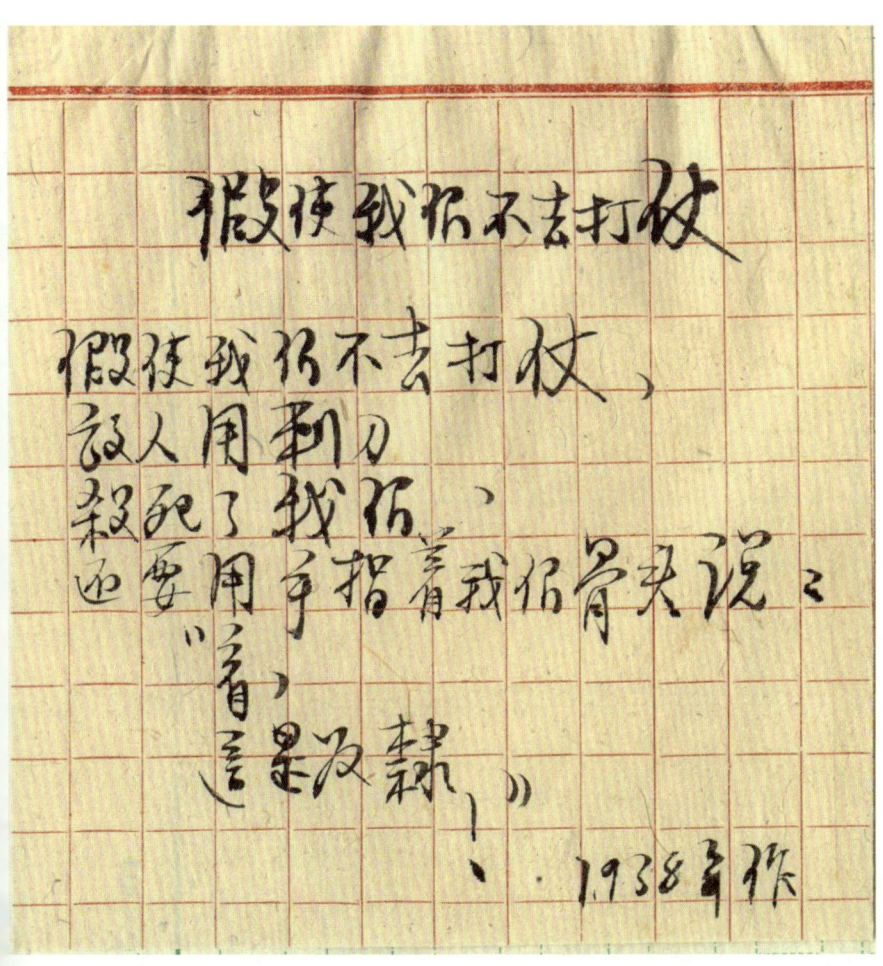

《假使我们不去打仗》诗人手迹

田间 1938 年在西安

田间（1916—1985），原名童天鉴，安徽无为人。1933 年入上海光华大学，次年加入左联。1938 年到延安，发起"街头诗运动"，同年加入中国共产党。后至晋察冀边区任战地记者、边区文化协会副主任、孟平县委宣传部部长等职。1949 年后曾任河北省文联主席，中国作家协会理事、党组成员，全国第五届人大代表等。出版有《未明集》《呈在大风砂里奔走的冈卫们》等诗集。

诗集《呈在大风砂里奔走的冈卫们》1938年版封面

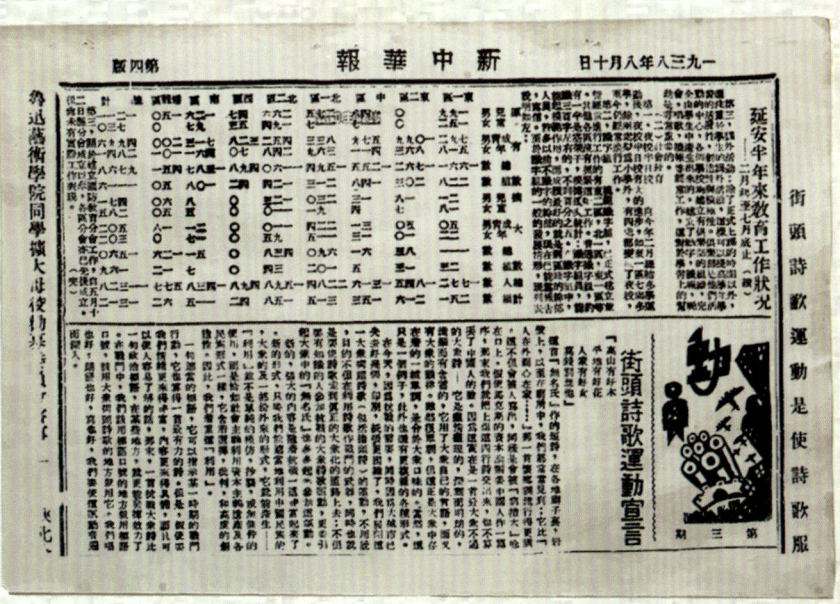

《街头诗歌运动宣言》,载 1938 年 8 月 10 日《新中华报》

1938年8月7日，柯仲平、田间、林山等以边区文协战歌社和西北战地服务团战地社的名义发起延安"街头诗运动"。田间讲："延安的大街上，便高高悬起一幅长条的大红布，上面写了一行醒目的大字：街头诗运动日。不久，几乎是片刻之间，城门楼旁、大街小巷，写满了街头诗，诗传单。"（《田间自述（三）》，1984年11月《新文学史料》第4期）1938年8月10日《新中华报》第4版转载了《街头诗歌运动宣言》，《宣言》讲："我们展开这一大众街头诗歌（包括墙头诗）的运动，不用说，目的不但在利用诗歌作战斗的武器，同时也就是要使诗歌走到真正的大众化的道路上去；不但要有知识的人参加抗战的大众诗歌运动，更要引起大众中的'无名氏'也多多起来参加这运动。"

《假使我们不去打仗》是"街头诗运动"中一首有影响的作品，收入田间诗集《我的短诗选》，人民文学出版社1952年4月出版。此诗极具街头诗的特点，如鼓点一般干脆、有力，将国家民族生死存亡的重大问题以简短坚实的句子表述得清楚明了，起到了鼓舞人心的作用。

# 告同志

柯仲平

1938

啊同志们!
战呵,战!
　战到黄昏后,
　夜吗夜深沉:
　西不见长庚,
　东不见启明,
我们指着北斗星前进:
在那夜深沉的时候,
我们党中央是北斗星!

啊同志们!
战呵,战!
　你好好把舵,
　我好好摇桨,
　不怕暴风暴,
　不怕狂浪狂,
我们中国共产党,
越在危急的关头上,
越有坚定的方向!

啊同志们!
我们有:

朗诵:董源

同一的方向,
　　同一的主张,
　　我们的团结,
　　像五个指头,
共一只强有力的手掌:
每个同志都在岗位上,
个个同志的岗位朝中央。

啊同志们,
中央说:
　　要巩固扩大
　　国共合作的桥,
　　要开辟完成
　　民主共和国的道,
再走再走再走吗,
就到"自由的王国"了。
这永远是一个伟大的号召!

啊同志们,
中央说:
　　持久战线上,
　　有不少困难;
　　靠党的力量,
　　去克服困难。
群众如水党如龙!
能号召广大的群众!
党的决议才能够成功!

啊同志们,
战呀,战!
　从黄昏战起,
　　战到夜深沉;
　　再从夜战起,
　　战到大天明。
战场上有退有进,
我们党的主张不胜利,
我们是永远也不愿收兵。

柯仲平在延安

柯仲平(1902—1964),原名柯维翰,生于云南广南。1930年加入中国共产党。1937年11月赴延安,1942年5月参加延安文艺座谈会并作发言。历任陕甘宁边区文化协会副主任及主任,民众剧团团长等职。1949年筹备并参加了第一次全国文学艺术工作者代表大会(文代会),当选为中国文联委员和中国文学工作者协会副主席。后任西北文教委员会副主任、西北艺术学院院长等职。出版有《边区自卫军》《从延安到北京》等诗集。

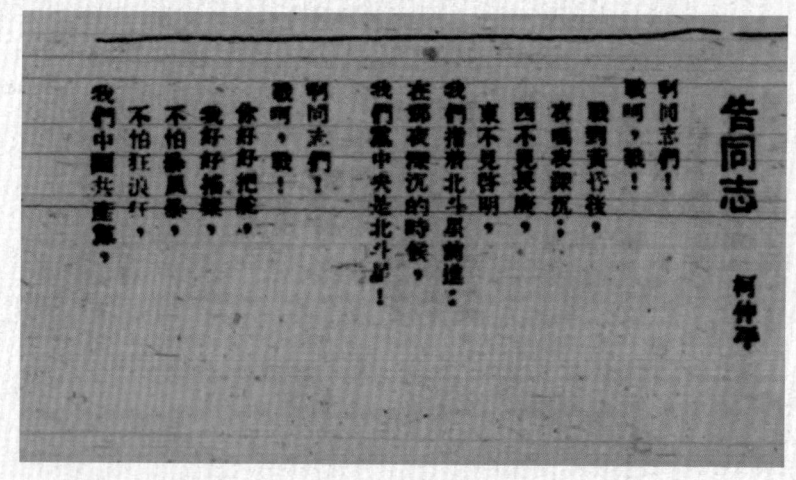

《告同志》，载1938年《文艺突击》第1卷第2期

延安的朗诵诗运动始于柯仲平。萧三曾作诗《喇叭，呐喊诗人柯仲平》称赞他的诗是"红彤彤的心和热血满腔"，用"朗诵给作品插上翅膀"。1938年8月，柯仲平与田间等人共同发起延安"街头诗运动"，有力地指导和推动了延安地区的诗歌民族化、大众化。同年，毛泽东同志在延安清凉山中央印刷厂的文艺晚会上听完柯仲平的诗歌朗诵后，高兴地称赞他："你把工农大众作了诗的主人，对民歌形式进行了吸收、融化，为诗歌的大众化作出了辛勤的努力。"(《毛泽东与中国现代诗人》，中央文献出版社2014年8月版)

《告同志》1938年作于延安，初刊于1938年11月1日《文艺突击》第1卷第2期。后收入诗集《从延安到北京》，1950年5月由生活·读书·新知三联书店

诗集《边区自卫军》封面

出版。柯仲平讲:"此诗曾写在当时延安城内大礼堂对面的那堵石灰墙上,在干部集会时,我朗诵过很多次。"该诗充分吸收陕北民歌韵味,节奏明快,朗朗上口;以极大的热情歌颂党对革命事业的正确领导,呼吁同志们团结一致,响应党的号召,艰苦奋斗,共同实现共产主义理想。

# 守住我的战斗的岗位

陈 辉

**1938**

月光下
我紧握着枪
守住我的
战斗的岗位

（看
月光下的
　　　　田野
　　　　　山峦
听
嘶叫着的延水）

月夜
太美丽了哟！
（倚在墙角）
我
想起了家
想起了
故乡的月光
月光下的城墙

朗诵：张益智

也许母亲
（独个儿）
坐在门旁
在叹息

……一群乳燕
南方
北方
飞到那里去了呢

拭干吧
母亲
泪是无用的。……

月光下，
烈焰在我心里
　　　　　燃烧
延水
像一条闪光的带子
在远方
　　吼叫

我握着枪
守着我的
战斗的岗位

1938.1.10 写于延安柳树店

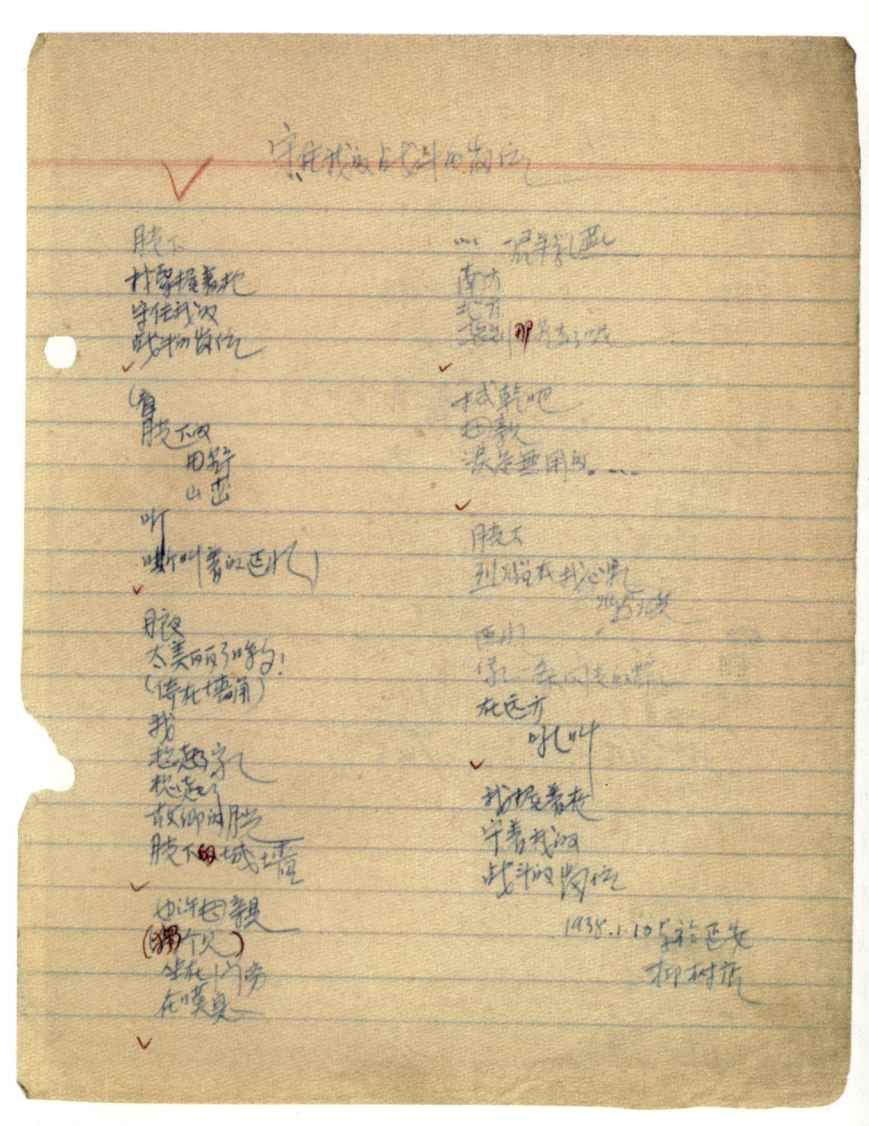

《守住我的战斗的岗位》诗人手稿

陈辉（1920—1945），原名吴盛辉，生于湖南常德。1937年5月加入中国共产党。1938年到延安，入延安抗日军政大学学习，1939年到晋察冀边区，在通讯社工作两年。1941年下乡做群众工作，曾任青年抗日救国会主任、区委书记、武工队政委等职。1945年2月8日被敌人包围，突围时拉响手榴弹，与敌人同归于尽。出版有诗集《十月的歌》。

陈辉是一位真正的战士，也是一位真正的诗人。作为战士，陈辉写道："对敌人丝毫不宽容。好像一个战士，把子弹打光了就把血灌在枪膛里；枪断了，用刺刀、手榴弹；手榴弹爆光了，用手，用牙齿！屈服是没有的。"作为诗人，陈辉表示："我不能叛变世界和人民，也不能叛变诗！"因为"诗是我的生命，我的生命就是诗"。（《附录：我的志愿书》，见《十月的歌》，作家出版社1958年6月版）

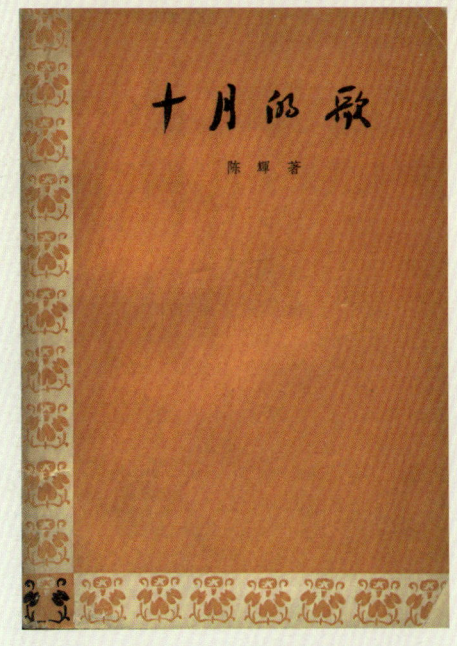

诗集《十月的歌》1958年版封面

# 队长骑马去了

天 蓝

——为纪念 W.C.F. 而作：他在晋西南创造了一个很好的游击队，可是有一次在过黄河的中途却给奸人谋杀了。

**1939**

队长骑马去了，
　骑马过黄河去了，
　　一个月还不见回来。

队长，
呵！回来！

我们
　一千个心在想，
　　一千双眼睛在望：
你呀，
　什么时候回来？

二月，
　敌人从东方来，
　　我们逃向西方去：
我们曾经是
　散漫的
　　溃退的

朗诵（节选）：孙振博

劫掠的一群!
而你说:
　　停住,
　　中国的军士!
　　别忘了你足底下遗下的
　　是你自己的国土;
　　也别奸淫劫掠呀,
　　别在你自己的
　　人民的跟前
　　放肆!
　　……集合起来,
　　再战斗吧,
　　因为我们
　　是中国的军士……

呵!队长!
　　你铜铃般的
　　正义的
　　亲爱的言语
　　感动我们的心肺——
我们反悔了,
　　重在你的周围
　　整理着队伍,
　　建立起
　　严肃的
　　平等的
　　自觉的军纪;

不是吗?
　　你称呼我们是
　　"同志!"
　　(那尊贵的
　　亲爱的
　　永不能忘的名词)
你教育我们,
　　于是,我们开始知道了
爱——
　　爱武器,
　　爱人民,
　　爱土地,
　　也爱我们的领导者,你!

队长,
呵!回来!
　　我们纪念着
　　你组织的第一次的胜利。

三月:
　　敌人向西方来,
　　我们打向东方去。
中旬的夜,
　　枪在肩头,
　　月在山头
　　棉花裹着马蹄,
　　勇敢,

坚决，
愉快
充满着我们的心底……

你笑着，
　忙碌着，
　指挥着我们
　进入埋伏线
　（敌人的死线）
　等待黎明的袭击；

黎明，
　敌人来了，
　眩曜地——
　庞大的
　满载着东洋慰劳品的
　满载着弹药的汽车
　像修长的毒蛇
　在公路上奔驰；

守卫在土楼上的机枪
开始笑了，
　你呼喊着：
　"同志们！
　摔手溜弹呀！"
　手溜弹爆炸，
　手溜弹开花，
　手溜弹困击

那僵缩了的毒蛇。

我们拔出刀,
　　跟着你
　　跃出战壕:
　　肉与肉搏击,
　　主人与强盗的血流在一起;

终于,敌人垮了,
　　一百个魔鬼
　　残剩了九十九个尸体!

东洋的
　　巧格力
　　沙丁鱼
　　勃郎宁
　　呢大衣……

而你说:
　　亲爱的老百姓,
　　这儿有你们一份;
　　亲爱的同志,
　　这儿是你们的战利品。

清晨,
　　歌上喉头,
　　日上山头;
黄昏的时候,

你独自儿个去了,
骑马过黄河去了。

队长,
呵! 回来!
　谁要我们打了硬仗,
　谁使我们失败——
　二百个弟兄去,
　二十个兄弟回来!

四月,
　风雨天,
　有两个敌人的连队
　屯驻在那城镇里,
　在那大河边。
前四十八小时,
　四……十……八小时呀,
　我们奉到
　过早的
　袭击的命令;

汉奸, 托派
　满山走,
　满地飞;

敌人的大炮
　早已瞄准了大路口,
敌人的机关枪

早已布好在山头；

进行在半山腰，
　　火力便开始了。

但我们继续前进，
　　前进，
　　这是命令
　　命令不顾那实际的情形。

敌人在幽闲地笑，
我们却往弹药上冲：
　　我们的手，
　　交不到敌人的手，
　　我们的刀
　　碰不着敌人的脑袋；
　　我们的手溜弹
　　摔不上敌人的山头，
　　而敌人的火力
　　越发向我们怒吼了！

亲如骨肉的弟兄，
　　朝前翻，
　　朝后倒……

今日
　　我们并不败走，
　　并不逃跑！

我们是中国的军士呀,
　　　面向着
纪律与
死!

我们的弟兄落得二十个
　　凄惨地归去,
　　山上的风雨,
　　脚下的泞泥,
　　郁抑着的太息……

队长,
呵!回来!
　　在现在我们改编的时候,
　　知道你永不回来了!

你想单骑渡黄河,
　　黄河有不测的风波,
　　你奈黄河何?

　　天蓝（1912—1984），原名王名衡，江西南昌人。1935年参加左联，同年参加北平"一二·九"学生运动。1937年到黄河八路军防区，任山西八路军总部秘书、翻译。1938年赴延安，同年加入中国共产党。曾任鲁迅艺术文学院教员、编译科科长。1949年后历任中共中央党校语文教研室主任，山西省社科所副所长，中国社会科学院文学研究所研究员等职。出版有《预言》《队长骑马去了》等诗集。

　　天蓝抵达延安后不久就写出了《队长骑马去了》一诗。据诗人回忆，他早两个月写作的另一首诗《夜，守望在山岗上》，尽管不到二十行，却反复酝酿了四个月，而《队长骑马去了》一百余行，几天之内就写成了。天蓝说，是烈士的鲜血激励了他，才使得他的诗情奔泻。由于诗作注意运用口语，适合朗诵，因而未待公开发表，就开始手抄流传。(《〈队长骑马去了〉的诞生经过：

天蓝同志一夕谈》，1984年8月《新文学史料》第3期）

《队长骑马去了》初刊于1939年1月1日《文艺阵地》第2卷第6期。又刊于1939年4月16日《文艺战线》第1卷第3号。后收入诗集《预言》，1944年5月作为"七月诗丛"之一种由南天出版社出版。该诗通过记叙英雄的悲剧，为广大抗日群众抵制右倾情绪、谨防内奸破坏敲响警钟。

1939年《文艺阵地》第2卷第6期封面

## 隊長騎馬去了

天藍

——為紀念 W.C.F. 而作，他在晉西南創造了一個很好的游擊隊，可是有一次在過黃河的中途卻給奸人謀殺了。

隊長騎馬去了，
騎馬過黃河去了，
一個月還不見回來。

隊長，
呼回來！

我們
一千個心在想：
一千雙眼睛在望：
你呀！
什麼時候回來？

二月，
敵人從東方來，
我們逃向西方去；
我們曾經是
散漫的
潰退的
卻掠的一羣！

《队长骑马去了》，载 1939 年《文艺阵地》第 2 卷第 6 期

诗集《预言》1947 年版封面

# 歌唱吧，中国的儿女们！

冯乃超

"世上如果还有真要活下去的人们，就先该敢说，敢哭，敢怒，敢骂，敢打，在这可诅咒的地方击退了可诅咒的时代！"
——鲁迅

1939

歌唱吧，
中国的儿女们！

从前——
大家都沉默地服从，
服从那被鞭笞的命运。
自你出生到死，
可曾听见过自由的歌声，
那歌颂自由幸福的呼声？

今天——
中国的大地鼎沸着，
任你走遍黄河的边缘，
重山的峡谷，戈壁的沙丘，
不知名的市镇和村落，
到处都扬溢着解放的歌声。

歌唱吧，
中国的儿女们！

朗诵：敬雯

在深夜——
在那宽阔无边的原野,
我曾经渴望一只音调低沉的歌,
来自远处,远处——
慰抚着每颗默默的心,
撩动着每颗默默的心。

真的——
我们都默默地疲劳,
没有笑,也没有哭,
抵着历史负荷的沉重,
佝偻着我们的身躯,
平伏在地底的下层里。

歌唱吧,
中国的儿女们!

你可曾听人唱过,
我们大家的命运?
你可曾找到中国的语言,
叹息民族的哀愁与辛酸?
我们曾经活在无言社会里,
窒息在无声的社会里。

把腰身挺直,
昂起头来!
奴隶是罪恶啊,
洗掉这罪恶的痕迹。

向着晨光歌唱吧！
向着春天歌唱吧！

歌唱吧，
中国的儿女们！

嘹亮的歌声，
沉雄和激越的歌声，
从广场来，街头来，
从原野来，山坳来，
沉默的山谷，
也传送着反响。

奴隶已经死掉了，
这儿是苏醒的民族！
把我们的歌献给人类。
歌唱吧，为解放的欢忻，
歌唱吧，为广大的爱情！

歌唱吧，
中国的儿女们！

冯乃超（1901—1983），广东南海人。曾任《创造月刊》《文化批判》编辑。1928年9月加入中国共产党。1930年参加左联，任左联第一任党团书记。后任《红旗报》《战争旬刊》编辑。1938年在国民政府军事委员会政治部第三厅工作，任中共特支书记，并参加筹备中华全国文艺界抗敌协会。1949年后，曾任中央人民政府政务院文化教育委员会副秘书长、中央人事部副部长等职。出版有诗集《红纱灯》。

《歌唱吧，中国的儿女们！》初刊于1939年2月16日《国民公论》第1卷第8号。诗人首先以沉郁低回的声调回顾中华民族历来的苦难史，随后感动于今日人民的觉醒，最终由衷欢呼"奴隶已经死掉了，这儿是苏醒的民族！"

1938年，冯乃超撰文综合分析中国历来的苦难史与当前的战局后指出："古老的中国在敌人凶残炮火的洗礼之中净化了，新的中国在神圣的自卫战争中，在颓垣破瓦的废墟中，慢慢的要建立起来。"同时热烈呼吁"把这个真实转告全世界优秀的作家们吧，中华民族这个崭新的形象是值得一切伟大作家来处理的！"（《抓住战斗的中国民族这个崭新的形象——代表中华全国文艺界抗敌协会欢迎国际学生代表致辞》，1938年《抗战文艺》第7期）《歌唱吧，中国的儿女们！》以激昂的姿态回应了这一呼吁与期待。

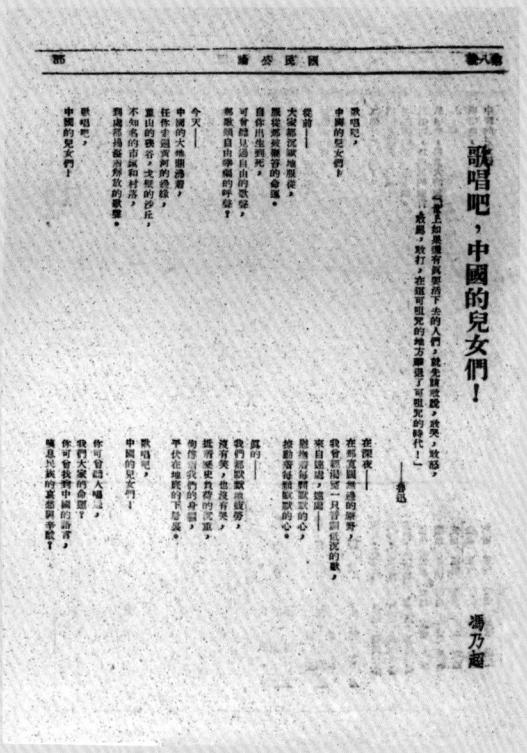

《歌唱吧，中国的儿女们！》，载1939年《国民公论》第1卷第8号

诗集《红纱灯》封面

# 怀厦门

彭燕郊

1939

在中原
我固挚地唱着一支忠诚的恋歌

我怀念厦门——
如同羔羊怀念他底慈母
我的记忆是深沉的……

春来了
我观看天
那太阳并不比南国的太阳更热更光
雨下着
我就想在雨里追寻往日的足迹
听人歌唱的时候
我就想起了那熟稔的歌声
风吹着
我就想驾只白帆的小舟在海上遨游
　　奔跑在江南的原野上
　　我忆念海
　　和那浪花一样的泪与笑

在厦门
我骄傲我底年青

朗诵：董源

骄傲我满溢的生命的力
到处开遍花
相思树底绿叶常青
天，像海一样蓝
像海一样湛深
和煦的海风吹着
吹亮了炮台上大炮底口径
吹红了小姑娘的臂膀，双唇

在那海上的岛屿
向水天的远方遥瞻
我找寻敌人底踪迹
用粗黑的手抚摸古代的堡垒
让海风吹拂我底衣襟
站在嵯峨的山上
看海，看波绿的平原
光华的都市以及那安静的庄园
真的
我热爱祖国，热爱到不能用文字形容

前进
冒着重叠的禁令，重叠的皮鞭
在战友底呼喊声中
我比喻海中的礁石
要像它一样坚贞

长年开着花

谢了一朵,又重放几枝

战士底血流着
我们踏着血迹前进
天气晴朗,那么
我们到乡间去
那里
乡民们正磨练着他们底武器
黑夜,就拿起火把
在士敏土的壕堑里巡行

在厦门
我度着最可喜的岁月
借南国的光
借南国的热
养育着
幼小的"我"
幼小的一个火苗

而今
强盗底兽蹄终于踏上了这岛市
我早知道
"谁笑得最后
谁也笑得最好"
耀武,扬威
由你任性去烧
去杀,去抢吧
过去了

昔年的海天
昔年的鹭岛
今天
是凌辱,是血,是仇恨

熟稔的歌声又起在耳边
熟识的面影呀,
他们
已经那么英勇地作了牺牲
"十八万同胞同生死
厦门永远是咱的"
十八万双眼睛噙住泪水
注视你——再见的时日已不远
那时,让我们把你再造
生命、血液,伤痛
我们全都准备好

三九,二,江南某村。

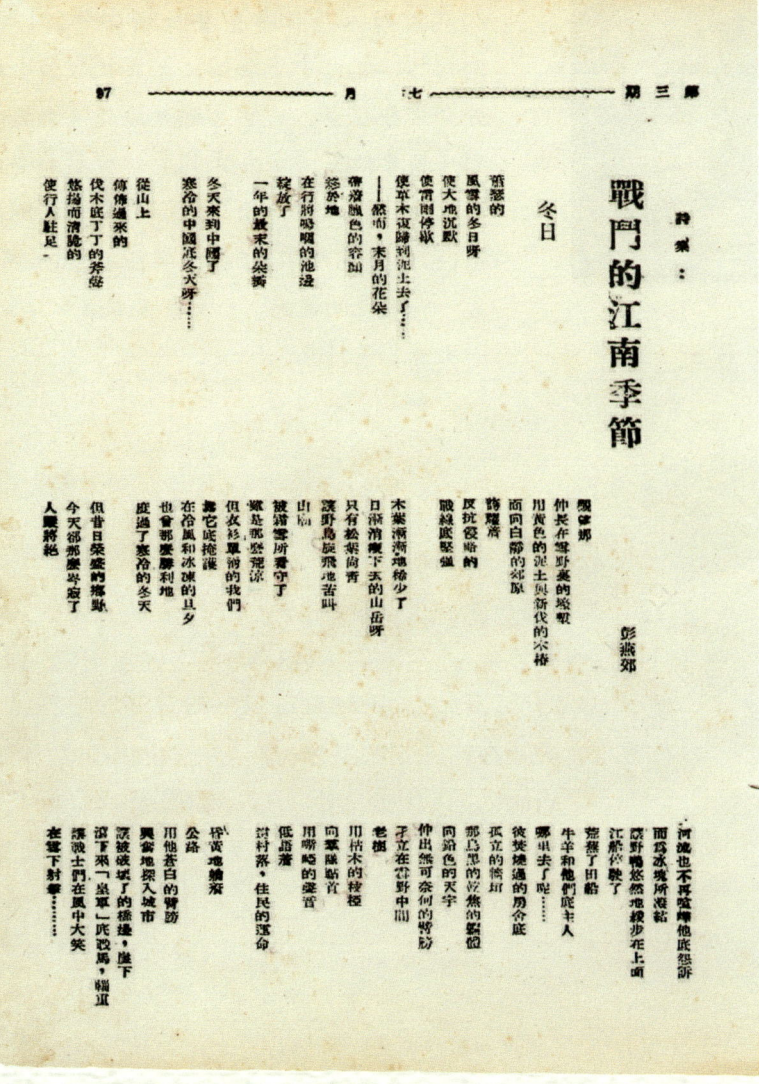

《战斗的江南季节》，载1939年《七月》第4集第3期

彭燕郊 1938 年在漳州

彭燕郊（1920—2008），原名陈德矩，福建莆田人。1938 年参加新四军。1941 年到桂林，担任中华全国文艺界抗敌协会桂林分会常务理事，协助聂绀弩编辑《力报》副刊《新垦地》《半月文艺》。曾参加全国第一次文代会、第四次文代会。先后在湖南大学、湖南师范大学、湘潭大学任教。出版有《春天——大地的诱惑》《战斗的江南季节》《第一次爱》等诗集。

《怀厦门》初刊于 1939 年 10 月《七月》第 4 集第 3 期，为诗辑《战斗的江南季节》之一首，后收入诗集《战斗的江南季节》，水平书店 1943 年 10 月出版。刊载《怀厦门》的《七月》卷末，胡风写有《这一期》："彭燕郊——据来信，先是在新四军服务团，后来转到同军的敌军工作部，最近因为肺病进医院休养了。自己说一年来'发了狂样的'写了近二百首诗，但被发表出来这似乎是第一次。"

彭燕郊少年时代曾在厦门求学，1938年5月日军侵略厦门，1939年2月写下了这首怀念厦门的诗。作品充满了少年人的"满溢生命的力"，表达了终将战胜侵略者的信心。

诗集《战斗的江南季节》1943年版封面

# 星

鲁 藜

星
各种各样的星
分布在延河上

没有星的夜是沉黑的
然而,星将会出来
星在永远引导我们前进

星不是落了
星不是谢了
星在引导我们向黎明

黎明时
有的星老了
披着白发死去

而年轻的星奔出来
天空永恒地飘走着星
飘流着星的喜耀……

朗诵:方昱力

鲁藜（1914—1999），原名许徒弟，福建同安人。1933年加入反帝大同盟。1936年参加左联，同年加入中国共产党。1938年入延安抗日军政大学学习，任晋察冀军区民运干事、战地记者。1949年后任天津市文协主席，中国作家协会天津分会副主席。出版有《醒来的时候》《锻炼》《毛泽东颂》等诗集。

《星》为组诗《延河散歌》第一首，作于1939年8月鲁藜初到延安时，初刊于1939年12月《七月》第4集第4期，后收入鲁藜的第一本诗集《醒来的时候》，1943年7月由南天出版社出版，为"七月诗丛"之一种。此诗通篇用星星的意象寄托作者的思考，语言宁静清丽，韵脚自由，充满了青年人的浪漫，寄托了对延安生活的希望与喜耀。

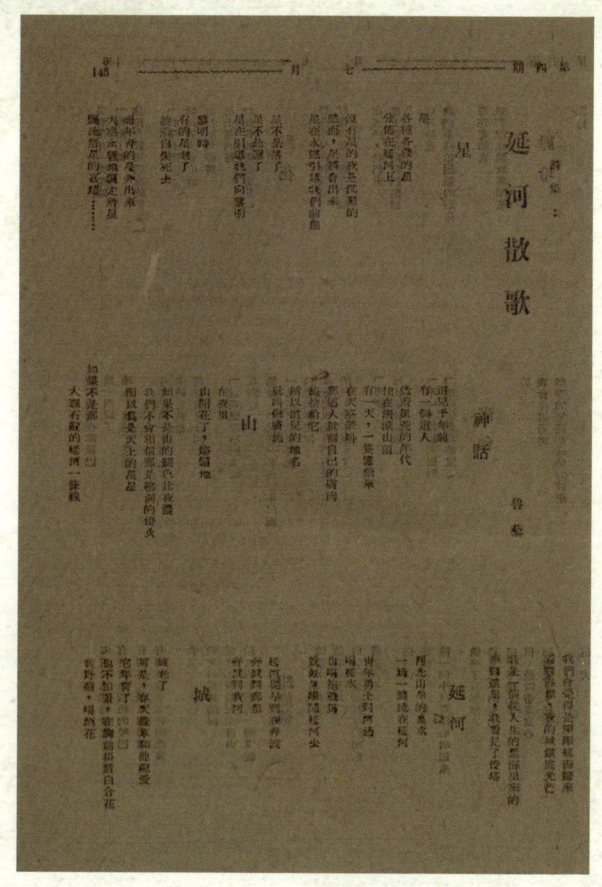

《延河散歌》，载 1939 年《七月》第 4 集第 4 期

　　《醒来的时候》最初名为《延河散歌》，又名《为着未来的日子》，因审查未通过更名《醒来的时候》。胡风讲："鲁藜的《为着未来的日子》没能通过，后来我拿回来改名为《醒来的时候》，给审查官送了礼，才算是通过了。"（《胡风回忆录》，人民文学出版社 1993 年 11 月版）1942 年 6 月《诗创作》第 11 期刊出

《延河散歌》出版预告:"天真的诗,沉醉的诗,美梦的诗,但诗人底天真,沉醉,美梦……是发芽于最艰苦的斗争里面,发芽于最现实的战斗者底坚韧不拔的心地里面。诗人底歌声打开了我们更爱生命也更爱斗争的灵魂底门。"此预告为胡风所作,后题为《〈七月诗丛〉介绍十一则》收入《胡风全集》第5卷,湖北人民出版社1999年1月出版。

1939年《七月》第4集第4期封面

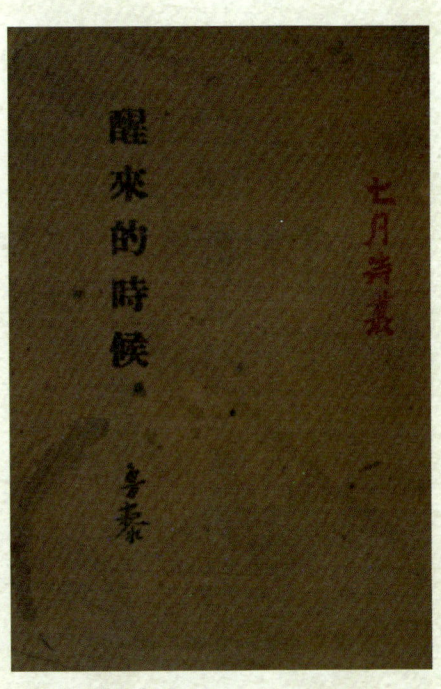

诗集《醒来的时候》1943年版封面

# 给"论持久战"的著者

卞之琳

**1939**

手在你用处真是无限。
如何摆星罗棋布的战局？
如何犬牙交错了拉锯？
包围反包围如何打眼？

下围棋的能手笔下生花，
不，植根在每一个人心中
三阶段，后退，相持，反攻——
你是顺从了，主宰了辩证法。

如今手也到了新阶段，
拿起铁镢来捣翻棘刺；
号召了，你自己也实行生产。

最难忘你那"打出去"的手势【注】
常用以指挥感情的洪流
协入一种必然的大节奏。

十一月二十日

朗诵：董源

【注】著名的手势。

## 給「論持久戰」的著者

手在你用處真是無限。
如何摆星羅棋布的戰局？
如犬牙交錯了拉鋸？
包圍反包圍如何打眼？

下圍棋的能手筆下生花，
不，植根在每一個人心中
三階段，後退，相持，反攻——
你是順從了，主宰了辯證法。

如今手也到了新階段，
李起儀級來搗翻棟制；
發召了，你自己也實行生產。

最難忘你那「打出去」的手勢【註】
常用以指揮感情的洪流
抢入一種必然的大箭袋。

十一月二十日

【註】著名的手勢。

《给"论持久战"的著者》，载 1940 年 2 月 12 日香港《大公报》

卞之琳 1939 年初在太行山区

卞之琳（1910—2000），江苏海门人。1937 年任四川大学外文系讲师。1938 至 1939 年前往延安和太行山区抗日民主根据地访问，曾任教于鲁迅艺术文学院。1949 年后曾任北京大学西语系教授、中国社会科学院外国文学研究所研究员等职。1956 年 6 月加入中国共产党。出版有《鱼目集》《慰劳信集》等诗集。

诗集《慰劳信集》1940年版封面

《给"论持久战"的著者》作于1939年11月20日，初刊于1940年2月12日香港《大公报·文艺》第783期。后收入诗集《慰劳信集》，1940年由明日社出版部出版。诗人以"手"为中心意象，用简洁凝练的语言从几个不同的细节切入，生动形象地刻画出毛泽东的才华与气度，是抗战时期一首在诗歌艺术上较为成熟的颂歌。

卞之琳回忆："1938年秋后，文艺界发起写'慰劳信'活动。十一月初，正在我就要过黄河到太行山内外访问和随军以前几天，在延安客居中，响应号召，用诗体写了两封交出了，实际上也不是寄到什么人手里，只是在报刊上发表给大家读而已。一年后，我按原出行计划回到'西南大后方'，在峨眉山，也就在十一月初，起意继续用'慰劳信'体写诗，公开'给'自己耳闻目睹的各方各界为抗战出力的个人或集体。"（《〈十年诗草〉重印弁言》，1989年8月《新文学史料》第3期）

# 梨花湾的故事（节选）

孙 犁

妇救会会员
王兰，
是三十岁的一个女人。
长着一头黑发，
一个圆圆的白脸。

她是村东头
李歪的太太。
李歪是个醉鬼
听说去年就参加抗日了，
可常见他跑回家来。

王兰是梨花湾
顶好的妇救会会员。
一村的人对她，
都另眼相看。

王兰今天很忙，
对着李俊
她不住地夸奖。
她对李俊的母亲说：
"大妈，不要难过，
两个孩子的衣穿

1939

朗诵：程丹玉

我负责,
领吃的
到村公所。"

王兰斟上一杯酒,
送到李俊面前。
她说:
"大兄弟,
不怕人家笑话,
只要你安心打仗,
我做你那孩子们的后娘!"

大家都笑了。
李俊在笑声里带着哭腔:
"兰嫂子,
这番心肠
我至死不忘!"

正午的时候,
八个牧羊人集合了,
他们是薛仁贵、周青一样的兄弟,
结拜去征东,
去打倒日本帝国主义。

王兰给李俊抱着孩子,
跟在他背后,
翻过一个山头,
又翻过一个山头……

孙犁1946年在河北蠡县

孙犁（1913—2002），原名孙树勋，河北安平人。1938年参加抗战，先后任教于冀中抗战学院、冀中华北联合大学、鲁迅艺术文学院，并在晋察冀通讯社、《晋察冀日报》、晋察冀边区文联从事编辑、记者等工作。1942年加入中国共产党。1949年后担任《天津日报·文艺周刊》主编、中国作家协会理事、中国作家协会天津分会副主席等职。出版有《白洋淀之曲》《孙犁诗选》等诗集。

《梨花湾的故事》初刊于1939年《边区诗歌》，署名林东苹。后收入1959年3月中国青年出版社出版的《晋察冀诗抄》，1964年4月收入百花文艺出版社出版的诗集《白洋淀之曲》。

孙犁的诗与其小说风格相近,充满生活细节的叙事,接近口语的诗句,刻画出朴素的乡间抗日英雄形象。曼晴在《孙犁诗选·序》中说:"孙犁在艺术创造中,善于捕捉形象,写小说时,他注意细节真实,致力创造典型环境中的典型形象,往往几笔素描,就突出一个人物来。在写叙事诗时,也是采取这样的手法。"(《孙犁诗选》,河南少年儿童出版社1983年12月版)

诗集《白洋淀之曲》1964年版封面

# 军队进行曲

## 公 木

向前向前向前，
我们的队伍向太阳
脚踏着祖国的大地。
背负着民族的希望，
我们是一支不可战胜的力量
我们是善战的前进
我们是民众的武器
从无畏惧
绝不屈服
永远抵抗
直到把日寇逐出国境
自由的旗帜高高飘
听　听，
风在呼啸军号响
听
抗战歌声多响亮
同志们整齐步伐奔赴解放的疆场
同志们整齐步伐奔去敌人的后方
向前向前
我们的队伍向太阳
向华北的原野
向塞外的山岗

1939

朗诵：张世轩

公木 1946 年在本溪

公木（1910—1998），原名张松如，生于河北辛集。1938年到延安抗日军政大学学习，同年加入中国共产党，后留校工作。1942年调至鲁迅艺术文学院文学系任教。1945年参加东北文艺工作团去沈阳，曾任东北大学教育长。1949年后曾任中国作家协会文学讲习所所长、吉林图书馆馆员、吉林大学教授等职。出版有《鸟枪的故事》《我爱》等诗集。

《军队进行曲》作于1939年，为《八路军大合唱》之一首。公木作词，郑律成谱曲，曾刊于1941年8月1日《新音乐月刊》第3卷第1期，后收入《新歌手册》，新光音乐研究社1942年编印。《军队进行曲》又名《八路军进行曲》，1946年6月曾收入东北军政大学文艺工作团编印的《解放歌声》第1集；后更名为《人民解放军进行曲》，曾收入《平原歌声》第5集，新华书店

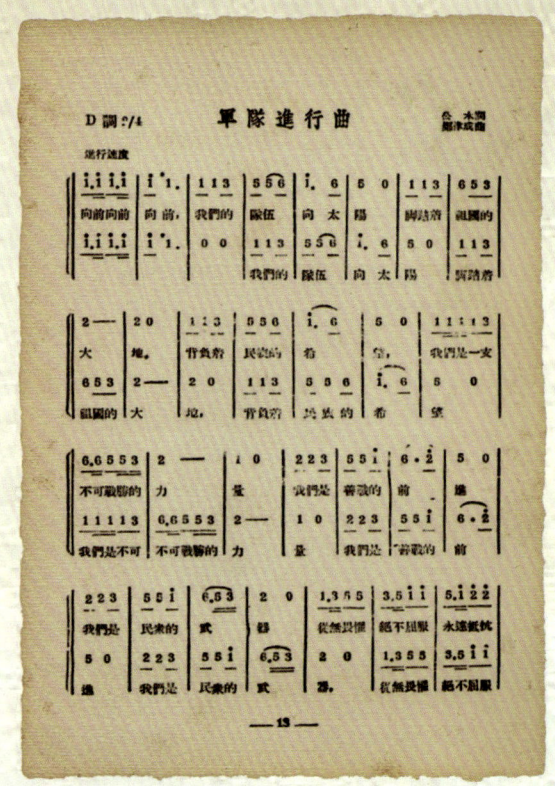

《军队进行曲》，载 1941 年《新音乐月刊》第 3 卷第 1 期

保定总分店 1949 年 5 月出版，歌词有改动。

  1965 年，歌曲更名为《中国人民解放军进行曲》，1988 年由中共中央军事委员会正式定为中国人民解放军军歌。《中央军委决定我军军歌〈中国人民解放军进行曲〉》讲："《中国人民解放军进行曲》形象鲜明，旋律流畅，音调坚实，节拍规整，集中表现了人民军队豪迈雄壮的军威，具有一往无前的战斗风格和摧枯拉朽的强大力量。"（1988 年 7 月 26 日《人民日报》第 1 版）

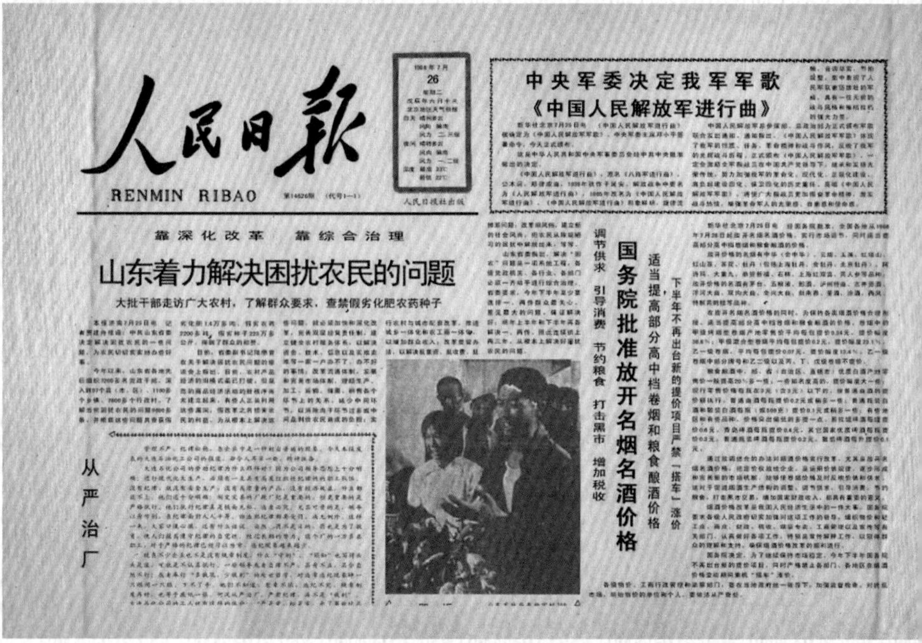

人民日報

RENMIN RIBAO

中央军委决定我军军歌

《中国人民解放军进行曲》

靠深化改革　靠综合治理

山东着力解决困扰农民的问题

大批干部走访广大农村，了解群众要求，查禁假劣化肥农药种子

国务院批准放开名烟名酒价格

适当提高部分高中档卷烟和粮食酿酒价格

下半年不再出台新的提价项目严禁「搭车」涨价

调节供求　引导消费　节约粮食　打击黑市　增加税收

从严治厂

《中共军委决定我军军歌〈中国人民解放军进行曲〉》，载 1988 年 7 月 26 日《人民日报》

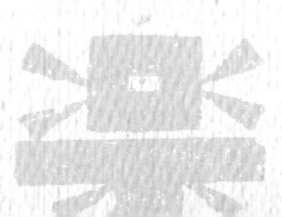

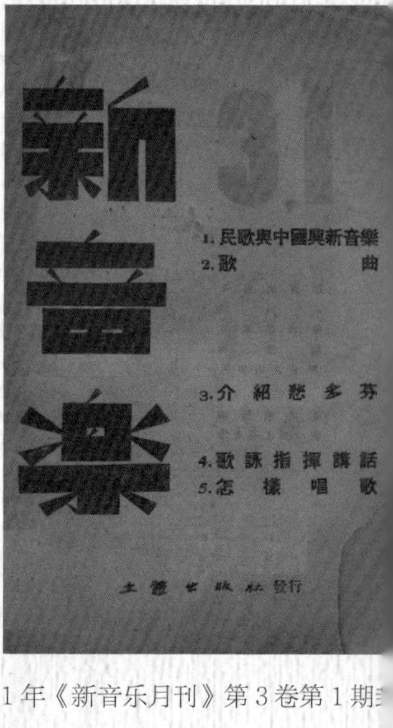


1941 年《新音乐月刊》第 3 卷第 1 期

# 门

曾 卓

莫正视一眼
对那向我们哭泣而来的女郎

曾经用美丽的谎言来欺骗我们的，
　　　　　　　　　　是她；
曾经用前进的姿态来吸引我们的，
　　　　　　　　　　是她；

而她，
在并不汹涌的波涛中，
就投进了
残害我们的兄弟的人的怀抱。

今天，她又要走进
我们友谊的圈子。
她说：她现在才知道
只有我们
才是善良的灵魂，

让她在门外哭泣，
我们的门
不为叛逆者开。

1939

朗诵：张歆驰

曾卓（1922—2002），原名曾庆冠，湖北黄陂人。1938年3月加入中国共产党。1941年与邹荻帆、姚奔、绿原等人组织诗垦地社，编辑出版《诗垦地丛刊》。曾任汉口《大刚报》副刊《大江》主编，《大刚报》副总编辑。1949年后曾任湖北省作家协会副主席、武汉市文联副主席、《长江日报》副社长等职。出版有《门》《悬崖边的树》等诗集。

《门》1939年作于重庆北碚，初刊于1942年4月15日《创作月刊》第1卷第2号，为诗辑《野蔷薇——写给老朋友们看》第一首。后收入诗集《门》，1944年9月由诗文学社出版。

诗人牛汉评价说："曾卓的不足二十行的《门》，却使人难忘。这个门，是一座爱与憎的分水岭，它高入云表。'让她在门外哭泣／我们的门／不为叛逆者开！'曾卓的诗真实地记录了抗战期间青年人在生活上、精神上所经历的追求与艰辛。"（《一个钟情的人——曾卓和他的诗》，1983年3月《文汇月刊》第3期）

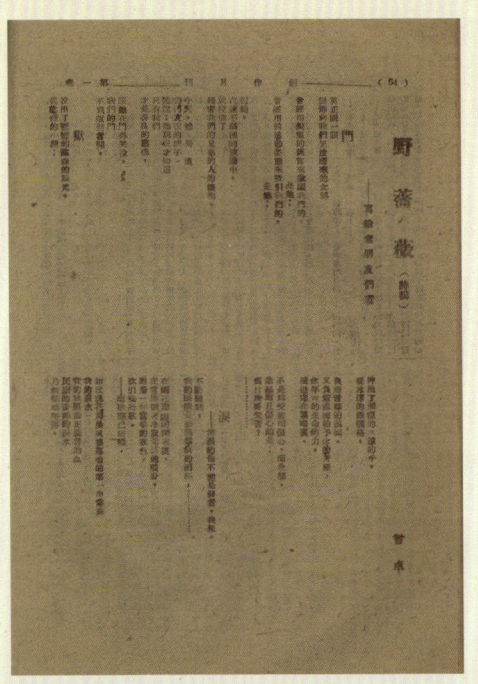

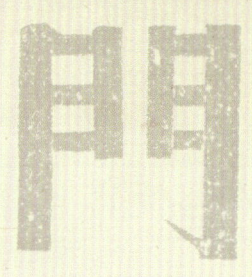

《门》,载1942年《创作月刊》第1卷第2号

诗集《门》1944年版封面

# 羊圈

曼 晴

**1940**

大北风的夜里,
几个游击队员,
找到空洞的羊圈住,
也很温暖了,

牧羊人,
你们到哪儿去了呢,
把羊圈让给我们,
——好吧!
我们就这样的住下了,
明天还要赶路哩?

小鬼们,
挤拢起来,
架起一堆篝火,

炽热的火焰,
映红了一大堆手脸,
——才进来的,
不要靠近火呀,
小心你们的耳朵掉下来,

朗诵:孙振博

同志们
在稻草上，
摊开了被子，
呼呼地睡着了，

只有墙角边的马
霍霍地在嚼着草料，
冰冷的月光，
从草棚的隙缝里，
偷偷地射进来。

　　曼晴（1909—1989），原名栗曼晴，河北广宗人。在邢台读书时接触到马克思主义，1930年加入中国共产党。1938年在延安参加西北战地服务团，随团赴晋察冀边区工作，先后任战地记者、晋察冀边区文化救国会干事、晋察冀西战团文艺组组长等职。曾与田间、邵子南等一同发起"街头诗运动"，编辑过《诗建设》。1949年后历任《石家庄日报》总编辑，石家庄地区文联主任等。出版有诗集《曼晴诗选》。

《羊圈》描写了诗人与战友夜晚露宿羊圈烤火取暖的场景，诗中游击战的紧张感暂时退居幕后，取而代之的是生活的细节和温暖的人情，口语化的诗句将人与物刻画得格外鲜活。此诗作于1940年1月10日建屏焦潭庄鹿泉寺，刊于1946年《诗激流》第2期，收入中国青年出版社1959年3月出版的《晋察冀诗抄》，后收入河北人民出版社1981年10月出版的《曼晴诗选》。

孙犁讲："曼晴的诗，以《羊圈》一首为例，多是抗日战争的单纯的素描。""诗留给我们的印象是深刻的，所写到的人物，在诗的意味上，是生动的形象。"（《红杨树和曼晴的诗》，见《文学短论》，作家出版社1963年11月版）此诗所写是孙犁与作者二人共同的战斗经历，孙犁回忆："第一夜，我们两个宿在一处背静山坳栏羊的圈里，背靠着破木栅板，并身坐在羊粪上，只能避避

诗集《曼晴诗选》
1981年版封面

夜来寒风，实在睡不着觉的。后来，曼晴就用《羊圈》这个题目，写了一首诗。我知道，就当寒风刺骨，几乎是露宿的情况下，曼晴也没有停止他的诗的构思。"（《吃粥有感》，见《晚华集》，百花文艺出版社1979年8月版）

《羊圈》，载1946年《诗激流》第2期　1946年《诗激流》第2期封面

# 生活

贺敬之

我们的生活,
太阳和汗液。

太阳从我们头上升起,
太阳晒着我们。

像小麦,
我们生长
在五月的田野。

我们是小麦,
我们是太阳的孩子。
我们流汗,
发着太阳味,
工作,
在小麦色的愉快里。

歌唱!
歌唱
在每个早晨和晚上。

生活
甜蜜而饱满的穗子,

朗诵:惠政

我们兄弟般地
结紧在穗子上。

我们——熟透的麦粒呀。

　　　　一九四〇年九月，于延安鲁艺

《生活》诗人手迹

贺敬之（1924— ），山东峄县人。1940年赴延安入鲁迅艺术文学院文学系学习。1941年加入中国共产党。1945年与丁毅执笔集体创作新歌剧《白毛女》，获1951年斯大林文学奖。1949年后曾任《诗刊》编委、文化部副部长、中国作家协会副主席、鲁迅文学院院长、中共中央宣传部副部长等职。出版有《并没有冬天》《放歌集》等诗集。

贺敬之1940年抵达延安后，经何其芳面试进入延安鲁迅艺术文学院文学系。他一边求学，一边参加鲁艺秧歌队的创作活动，深入延安民众生活，在生活中发掘诗意，孕育诗情。入学后在各路名师影响下诗思泉涌，很快创作出《生活》《没有注脚——献给"鲁艺"》《十月》等一系列作品。

诗集《并没有冬天》1951 年版封面

　　《生活》初刊于 1941 年 2 月 25 日《中国文艺》第 1 卷第 1 期,后收入诗集《并没有冬天》,1951 年 9 月由泥土社出版。该诗以热情洋溢的笔调抒写了诗人对延安人民用劳动创造新生活的赞美与欣喜之情。

# 冬夜之歌

井岩盾

**1940**

树木的叶子已经凋零，
入眠的土地上
又呼啸着寒冷的风，
在一切都睡去的夜晚，
这宇宙的音乐呵，
流浪的时候曾使我感到孤单，
而现在，
它给我带了温暖和安宁。

我爱在这样的夜晚醒来，
听风的呼号，
听窗纸的战栗，
听和我拥挤着的
同志们轻轻地呼吸，
我感到温暖了……
我感到了孩子的时候，
睡在祖母身边一样舒适。

我最初的甜蜜的记忆，
就是在寒冷的冬天，
狂风吹折树木的夜晚，
睡在祖母的旁边

朗诵：张歆驰

看着通红的炭火,
听祖母用温柔的声音,
诉说过去。

现在,
树木的叶子又已凋零,
入眠的土地上
又呼啸着寒冷的风,
在一切都睡去的夜晚,
这宇宙的音乐呵,
流浪的时候曾使我感到孤单,
而现在,
它给我带了温暖和安宁。

一九四〇,十一月

井岩盾(1920—1964),原名井延盾,山东东平人。1938年11月参加中华民族解放先锋队。1940年初赴延安,入鲁迅艺术文学院文学系学习。1941年6月加入中国共产党。抗战胜利后历任嫩江省白城子区区长、中共辽吉省委秘书,东北作家协会专业创作员、赴朝前线战地通讯员,中国作家协会创作研究室副主任等职。出版有作品集《辽西纪事》《在晴朗的阳光下》,诗集《摘星集》等。

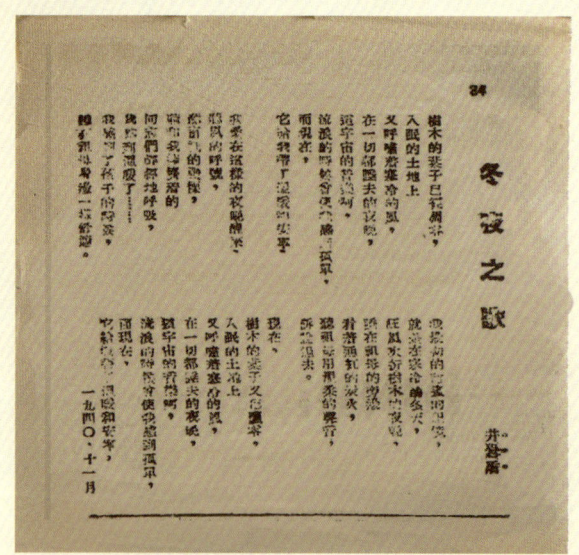

《冬夜之歌》，载1941年《中国青年》第3卷第4期

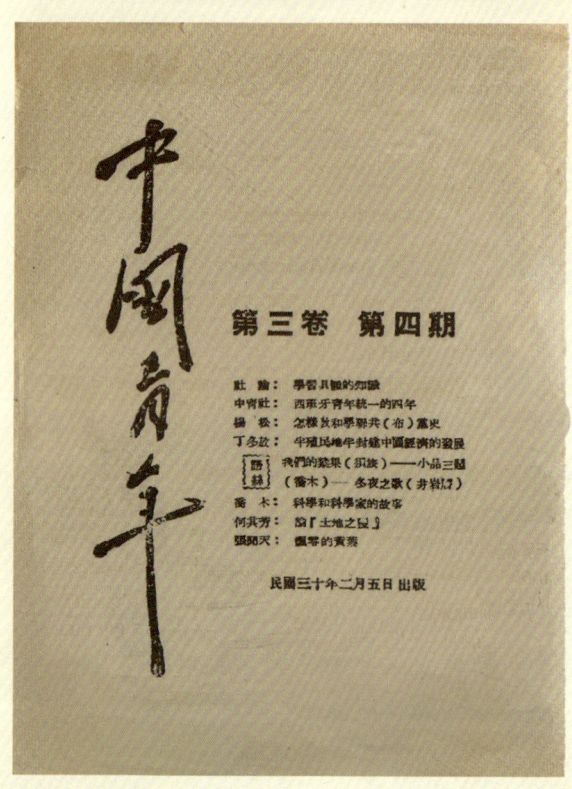

1941年《中国青年》第3卷第4期封面

诗集《摘星集》1958 年版封面

　　井岩盾是在延安成长起来的诗人,在延安期间创作发表了大量脍炙人口的诗作。1940 年冬曾作《伐木歌》,后由郑律成谱曲,在延安广为流传。

　　《冬夜之歌》1940 年 11 月作于延安,初刊于 1941 年 2 月 5 日《中国青年》第 3 卷第 4 期。后收入诗集《摘星集》,1958 年 2 月由作家出版社出版,改题为《冬夜》,诗句有改动。诗人以自己的童年记忆体味当下,抒写了革命集体的温暖。全诗洋溢着温馨甜蜜的回忆,让读者在动荡与炮火之外听到了战争年代青年的个人体验。

# 雷击死者

冯雪峰

**1941**

怎样准确的碰击!
多么恰好的一霎间!
一秒钟的千分之一的时间,
　　光穿过了全身;
一秒钟的千分之一的时间,
　　全身穿过了宇宙!
一秒钟的千分之一的时间,
　　将生命投给了无限,
而一秒钟的千分之一的时间,
　　抓住了生命的无限的投击!
他的毁灭,迅速于
　　一个星球的殒落万万倍,
而他被吸合于永恒的
　　又万万倍于一个星球的凝结!
哦哦,只要一秒钟的千分之一时间的一个战栗,
　　将世界所要到达的尖峰
　　　全占领了,
多么高度的愉快的闪击呵!

朗诵:史航宇

冯雪峰(1903—1976),原名冯福春,浙江义乌人。1927年加入中国共产党,后去上海从事革命文化活动,曾任左联党团书记。1933年赴江西瑞金,任苏维埃中央党校副校长,次年参加长征到陕北。1936年后在上海、浙江、重庆等地从事地下工作。1949年6月,赴北京参加第一次全国文代会,为华东代表团团长。1951年,任人民文学出版社社长兼总编辑。1952年,兼任《文艺报》主编。出版有《真实之歌》《灵山歌》等诗集。

1941年2月26日,冯雪峰在义乌神坛村的家中被捕,囚于江西上饶集中营。冯雪峰讲:"进上饶集中营后,从1941年五月间起,我写了一些诗。大概是在这一年的十一月前后,我曾经把写的大约二十首左右的诗稿誊抄了一份,用纸捻子订成一小本(好像是用毛边纸或连施纸,是用毛笔黑墨抄的),连同赖少其画的几张插画一起,托林秋若设法弄到外面去保存。""我在出了上饶集中营、到了重庆以后,曾经把在集中营写的诗(包括在 1941 年十一月之后写的在内）结集出版，书名《真实之歌》。而托林秋若转托别人保存的那份诗稿也一直未去取回过。"（《我在上饶集中营》，2001 年 5 月《新文学史料》第 2 期）

《雷击死者》为诗辑《短章，暴风雨时作》之一首，作于 1941 年 5 月至 11 月间。初收入诗集《真实之歌》，署名雪峰，1943 年 12 月由作家书屋出版。该诗为诗人在狱中目睹一次暴风雨时所作，是自然力量壮烈的震撼之抒写，更是革命者战斗灵魂的歌唱。

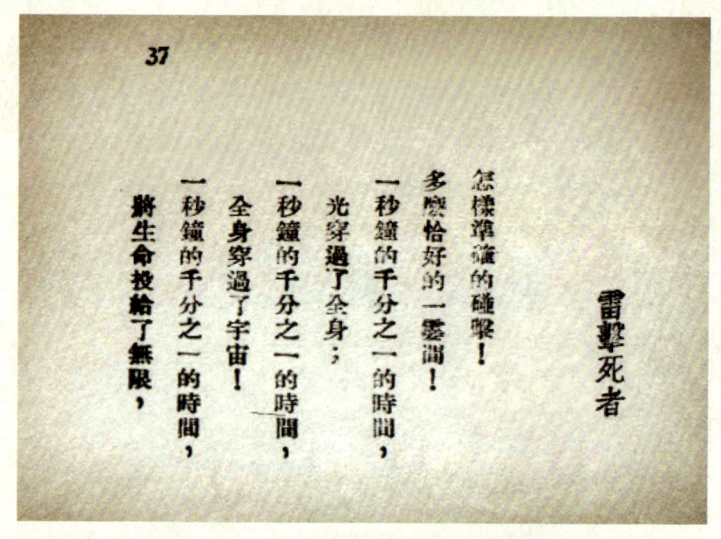

《雷击死者》，载诗集《真实之歌》

诗集《真实之歌》1943年版封面

# 我来了

严 辰

我来了,
像一只雁子
带着热情的啼唤
和轻清的孤影,
从荒寒的无垠的漠地
穿越过万里长空,
来归到伙伴们的生动而欢愉的群队里。

我来了,
像隐僻的山谷中流出的
一支冷冽的细泉,
经过小河与大江
乘着波涛的滑车
奔流到浩淼的海洋里。

我来了,
像一个宗教徒,
捧着他虔敬的企盼,
一步一膜拜地
跋涉尽千山万水
磨穿了几百次脚底
终于跨进了炫目的胜地的门槛。

朗诵:张世轩

我来了，
像一个飘泊的浪子
跨过饥饿的道路
跨过被迫害的道路，
跨过侮蔑和残暴
所铺成的险阻的道路，
如今，噙着一把辛酸泪
总算重又投入了慈母的怀抱……

我来了
带着悠久的恋思
悠久的爱慕的热念。

我来了，
带着默默的骄傲
和发自心底的
不可遏制的欢笑……

我来了！

　　严辰（1914—2003），原名严汉民，笔名厂民、A. M.等，生于江苏武进。抗日战争初期赴武汉、重庆，加入中华全国文艺界抗敌协会。1941年到延安，1942年参加延安文艺座谈会。1945年到冀中华北联合大学文学系任教。1946年9月加入中国共产党。1949年随军进入北京，曾任《人民文学》副主编、《新观察》主编、《诗刊》主编，黑龙江省文联副主席等职。出版有《河边恋歌》《生命的春天》《英雄与孩子》等诗集。

　　《我来了》1941年夏秋作于延河边，是严辰到延安后写下的第一支延安的颂歌。初刊于1942年12月25日《诗创作》第17期，为组诗《河边恋歌》第一首。收入诗集《河边恋歌》，桂林诗创作社1943年1月出版，署名均为"A. M."。《河边恋歌》后收入诗集《唱给延河》，改题为《唱给延河》，1950年5月由文化生活出版社出版，诗句有改动。

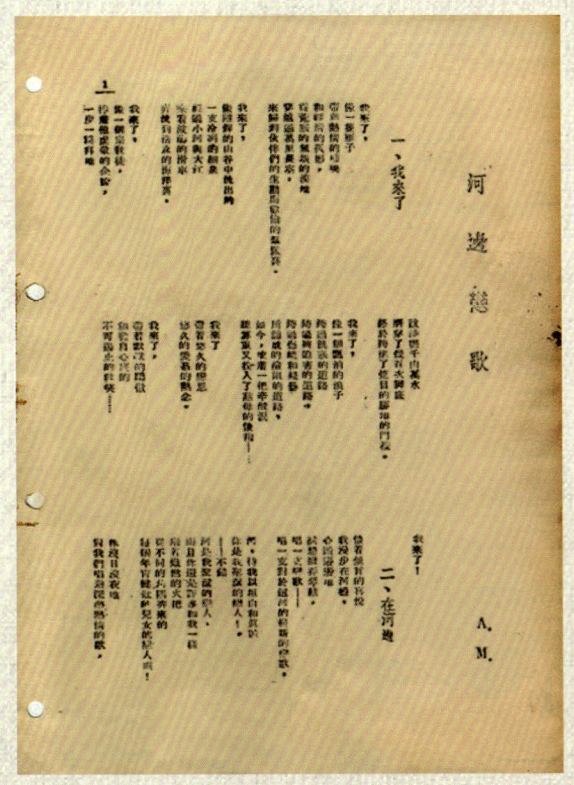

《河边恋歌》，载 1942 年《诗创作》第 17 期

《我来了》用朴素清新的语言反复吟咏诗人对革命圣地延安的向往与渴慕，抒发了初到延安的欢喜与自豪之情。严辰讲："那是一九四一到一九四二年，我刚到延安不久，怀着一种知识分子对革命的不切实的狂热的想法，虽然对什么都觉得新鲜，对什么都容易热情冲动；但由于对这新世界还不大熟悉，加以自己思想认识还很幼稚，不能看到更深的本质的东西，因此表现在诗作上，就显得如此肤浅。《唱给延河》那辑，就是一个例子。这里，对河边的漫步，桃林的晚会等等庄严的工作之余的活动的注意，超过了对庄严的工作本身的重视和讴歌。"（《唱给延河·后记》，文化生活出版社 1950 年 5 月版）

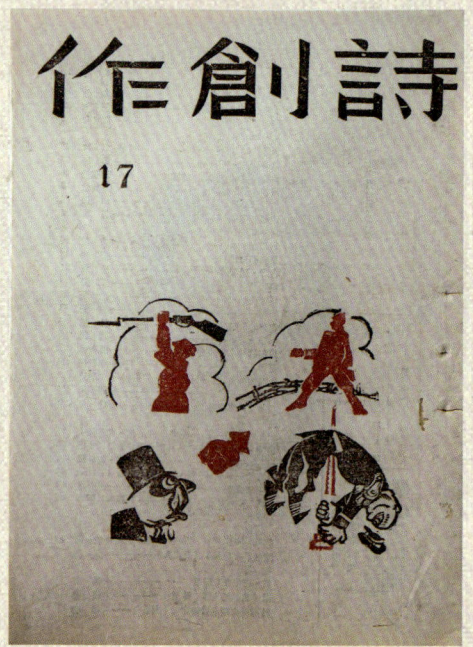

1942年《诗创作》
第17期封面

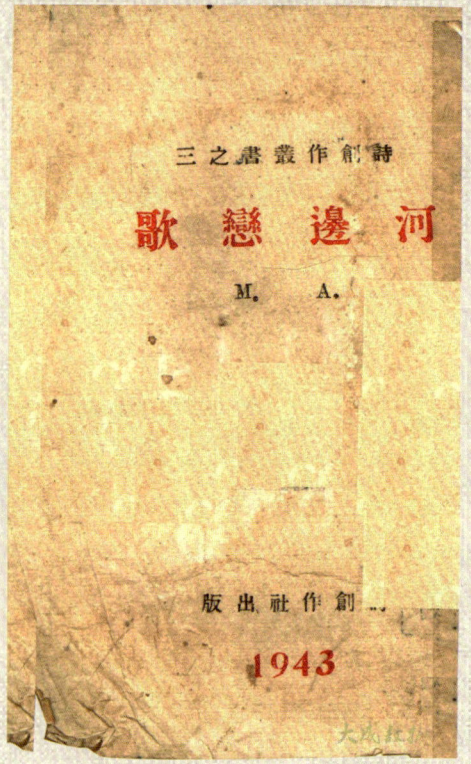

诗集《河边恋歌》
1943年版封面

# 温暖的黎明
## ——秋季反"扫荡"诗章之五

魏 巍

披着浅蓝的衣裳,
启明星神采飘飘地升起了,
经过半宵冷雨的人,
在河滩的岩石上再睡不着。

说什么夜凉似水,
凉不过黎明前的时刻;
晨风也在营营的溪水那边吵嚷,
挺着小刀子准备泅过。

人们呵,踏踏湿脚,
又背靠背睡熟了,
温暖的黎明散出甜香。

冷风袭过来,
然而有同志的地方就有温暖,
它悄悄地溜过,它管不着。

1941 年 9 月 18 日,于铁管台。

朗诵:孙振博

《温暖的黎明》，载 1942 年《诗建设》第 62 期特大号

魏巍(右)在冀中平原

魏巍(1920—2008),原名魏鸿杰,曾用笔名红杨树,河南郑州人。1937年参加八路军。1938年到延安抗日军政大学学习,同年加入中国共产党。曾任晋察冀军区部队宣传科科长、团政委。1949年后曾任《解放军文艺》副总编、解放军总政治部文艺处副处长、北京军区宣传部副部长等职。出版有《两年》《黎明风景》《魏巍诗选》等诗集。

《温暖的黎明》作于1941年9月,用自然明朗的笔调描绘出艰难的战争环境中珍贵的同志情谊。此诗刊于1942年6月7日《诗建设》第62期特大号,署名红杨树,后收入1985年7月解放军文艺出版社出版的《魏巍诗选》。魏巍讲:"在一九四一年残酷的反'扫荡'

中，我几乎每一两日写诗一篇，在夜行军中思索，在拂晓宿营中记下。饥饿和疲劳也似乎无干。我真实地体会到：愈是政治热情饱满的时期，也愈是生活美丽的时期，也就愈是诗的时期。那时，真的，你就整日生活在诗里，生活在快乐里。"（《黎明风景·后记》，人民文学出版社1955年4月版）

诗集《黎明风景》1955年版封面

# 一个声音

郭小川

"呀——"
你只响这末一声吗,好同志
而战斗的骚音所统治的夹谷里,
你的声响在那爆炸和弹流的回旋之下,
又显得怎样的低微与无力呵!
……你就那末猝然地
放倒你金属般沉重而壮大的身躯,
好像醉了烈性的高粱酒
浪漫地关闭了你充血的眼睛

好同志,你活着的时候
你青年的灵魂永浸在战斗的沉默里
直到你倒下的一秒钟前
你还在沉默地向前冲击
当你倒下去,最后告别我们
你又如此吝啬你的黄金的语言——
不是遗嘱,不是付托,
不是呼唤,不是呻吟
不是哭泣,不是歌唱,也不是笑……
只是那单调的一声呵
有如婴儿来到世界的第一声叫喊。

1941

朗诵:张歆驰

由于你那声音的感召
你的同志们立即奔驰而来
庄严地望望你,拾起倒下的长枪
射出未发的子弹又奔驰而去……
由于你那声音的感召
年轻的卫生员哭丧着脸走来,
握握你的冷手,用一块白净的纱布
堵住你脸庞上那条血液的小河;
由于你那声音的感召
你的老乡们抬着担架踽踽而来
安置你在麻绳所编织的松软的睡处
举着你走向光亮的小路,光亮的田野

(就这样,你安详地睡了……)

随后,你祖国草原的风景
摹拟你的声音而歌唱;
你祖国天空的飞行合唱队
那小鸟群也追踪着你
以童贞的音带唱它铿锵的生命之歌;
你的伙伴们在你辽阔的坟场,
响起了撼天的凯旋的大合唱。

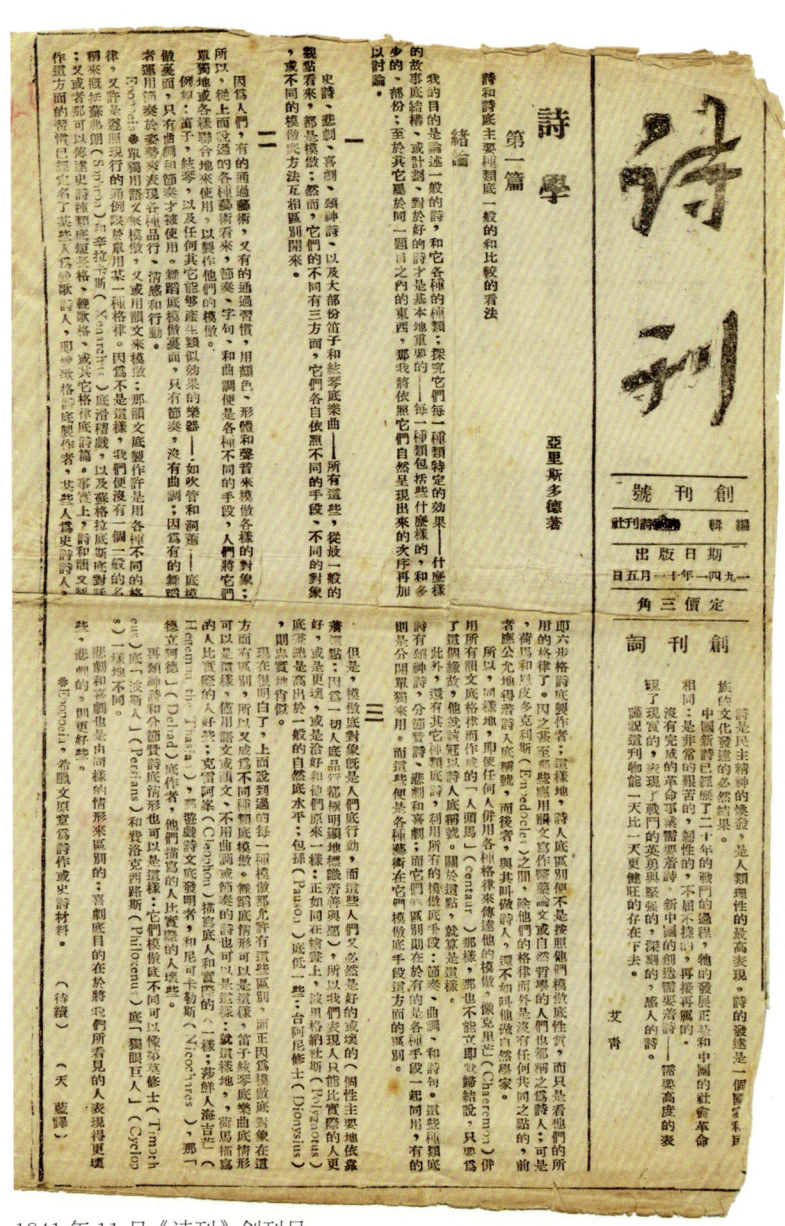

1941年11月《诗刊》创刊号

郭小川在延安

> 郭小川（1919—1976），原名郭恩大，生于河北丰宁。1937年参加八路军，同年加入中国共产党。1941年入延安马列学院文艺理论研究室学习。曾任丰宁县县长、《群众日报》副总编辑。1949年后曾任中国作家协会书记处书记兼秘书长、《人民日报》特约记者等。出版有《平原老人》《投入火热的斗争》《致青年公民》等诗集。

《一个声音》作于郭小川初到延安时。该诗以声音的变奏展开，从"一个声音"引出对战士阵亡的思索。而这"一个声音"又激起并融合于众多声音中，个体生命的逝去激励了更多人坚定地走上革命道路。

此诗初刊于 1941 年 11 月 5 日在延安出版的《诗刊》创刊号，收入郭小川的第一本诗集《平原老人》，1950 年 2 月由中南新华书店出版。后收入 1956 年 4 月作家出版社出版的诗集《投入火热的斗争》，郭小川《后记》讲："编入这个集子里的，总共十八首诗。最后的五首，是一九三九年到一九四三年这个期间写的。现在把它们编进这个集子里，主要地是因为我自己还深深地怀念着那个时代的伟大斗争和许多普通的斗士。"

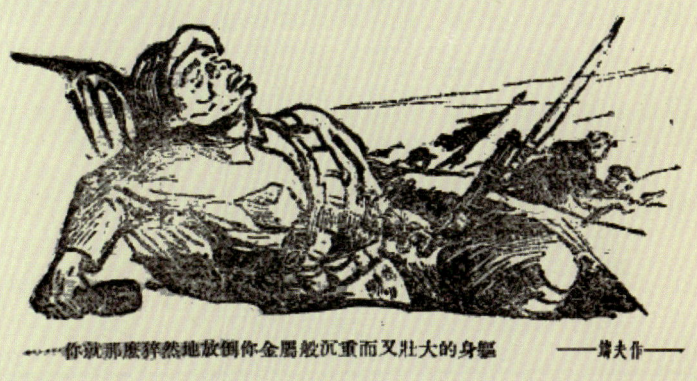

《一个声音》插图，铸夫作，载诗集《平原老人》1950 年版

一個聲音

郭小川

呼──這末一聲嗎，好同志
你祖譁這末一聲嗎，好同志
而戰鬥的騷音所統治的衰谷里，
你的聲響在那爆炸和彈流的迴旋之下，
又顯得怎樣的低微與無力呵！

你就那末猝然地
放倒你金屬般沈重而壯大的身軀，
好像醉了烈性的高粱酒
浪漫地關閉了你充血的眼睛

好同志，你活着的時候
你青年的靈魂永漫在戰鬥的沈默里
直到你倒下的一秒鐘前
你還在沉默地向前衝擊
當你倒下去，最後告別我們
你又如此吝嗇你的黃金的語言──

不是遺囑，不是付託
不是嘆喊，不是呻吟
不是呼喚，不是歌唱，也不是笑
只是那單調的一聲呵
有如嬰兒來到世界的第一聲叫喊。

由於你那音聲的感召
你的同志們立即奔馳而來
莊嚴地望着你，拾起倒下的長槍
射出未發的子彈又奔馳而去

由於你那音聲的感召
年輕的衛生員哭喪着臉走來，
用一塊白淨的紗布
堵住你臉龐上那條血液的小河，
擎着你走向光亮的小路，光亮的田野

由於你那音聲的感召
你的老嫗們抬着擔架踽踽而來
安置你在蔴繩所編綴的鬆軟的睡處

（就這樣，你安詳地睡了………）

隨後，你祖國草原的風景
摹擬你的聲音而歌唱；
你祖國天空的飛行合唱隊
那小鳥羣也追踪着你
以童貞的音帶唱牠鏗鏘的生命之歌…
你的伙伴們在你遠圍的墳場
響起了撼天的凱旋的大合唱

《一个声音》，载 1941 年 11 月《诗刊》创刊号

诗集《平原老人》1950年版封面

# 毛泽东

艾 青

1941

毛泽东在那儿出现,
那儿就沸腾着鼓掌声——

"人民的领袖"不是一句空虚的颂词,
他以对人民的爱博得人民的信仰;

他生根于古老而庞大的中国,
把历史的重载驮在自己的身上;

他的脸常覆盖着忧愁,
眼瞳里映着人民的苦难;

是政治家,诗人,军事指挥者,
革命者——以行动实践着思想;

他不断地思考,不断地概括,
一手推开仇敌一手包进更多的朋友;

"集中"是他的天才的战略——

朗诵:牟心明

把最大的力量压向最大的敌人；

一个新的口号决定一个新的方向：
"一切都为了法西斯主义之死亡"。

一九四一年十一月六日于边区参议会。

艾青（1910—1996），原名蒋海澄，生于浙江金华。1941年到延安，被选为中华全国文艺界抗敌协会延安分会理事、陕甘宁边区参议会参议员，主编《诗刊》。1942年参加延安文艺座谈会。1945年加入中国共产党，抗战胜利后曾任华北文艺工作团团长、华北联合大学文艺学院副院长、华北大学第三部副主任等。1949年后曾任《人民文学》副主编、中国作家协会副主席等。出版有《大堰河》《向太阳》《反法西斯》等诗集。

萧三讲:"边区的诗歌运动自从艾青同志到达延安,又有了一个新的发展。首先是他的新诗的发表,引起读者的注意。他主编的《诗刊》得到中宣部的批准,用铅印出版发行。这在延安是一件大事!"(《漫忆四十年前的诗歌运动》,1982 年《诗刊》5 月号)

诗作《毛泽东》用概括的语言抒写了对毛泽东的敬爱。这是一首较早歌唱毛泽东的颂歌,也是一首有影响的作品,初收入诗集《反法西斯》,陕甘宁边区华北书店 1943 年 12 月初版,后曾选入多种诗选。艾青说:"我是一九四一年皖南事变后到延安的。初到延安时,我的思想认识并不明确,带着许多小资产阶级的观念。我在延安只管写文章,想写什么就写什么。我是被尊重的,后来被选为陕甘宁边区参议会参议员,在开会期间写了一首《毛泽东》。"(同上)

诗集《反法西斯》1946 年版封面

# 我为少男少女们歌唱

何其芳

我为少男少女们歌唱。
我歌唱早晨,
我歌唱希望,
我歌唱那些属于未来的事物,
我歌唱那些正在生长的力量。

我的歌呵,
你飞吧,
飞到那些年青人的心中
去找你停留的地方。

所有使我像草一样颤抖过的
快乐或者好的思想,
都变成声音
飞到四方八面去吧,
不管它像一阵微风
或者一片阳光。

轻轻地从我琴弦上
失掉了成年的忧伤,
我重新变得年青了,
我的血流得很快,
对于生活我又充满了梦想,充满了渴望。

朗诵:程丹玉

何其芳（1912—1977），原名何永芳，四川万县人。1931年进入北京大学哲学系读书。1938年到延安，同年加入中国共产党，曾任鲁迅艺术文学院文学系主任。1944年和1947年两次被派到重庆从事文化工作，先后任中共四川省委委员、宣传部副部长、新华日报社副社长等职。1948年，随朱德视察冀中各部队。1949年后，历任中国文联委员、中国作家协会书记处书记、中国社会科学院文学研究所所长等职。出版有《预言》《夜歌》等诗集。

《我为少男少女们歌唱》作于1941年，诗人热情地歌唱了延安青年充满希望的生活。何其芳讲："我感到早晨，希望，未来，正在生长的东西，少男少女，这些都是有着共同点的，都是吸引我们去热爱的……这个生活的颂歌正是我要献给少年同志们和年轻的同志们的短歌之一。"（《关于〈生活是多么广阔〉》，1955年10月《语文学习》第10期）

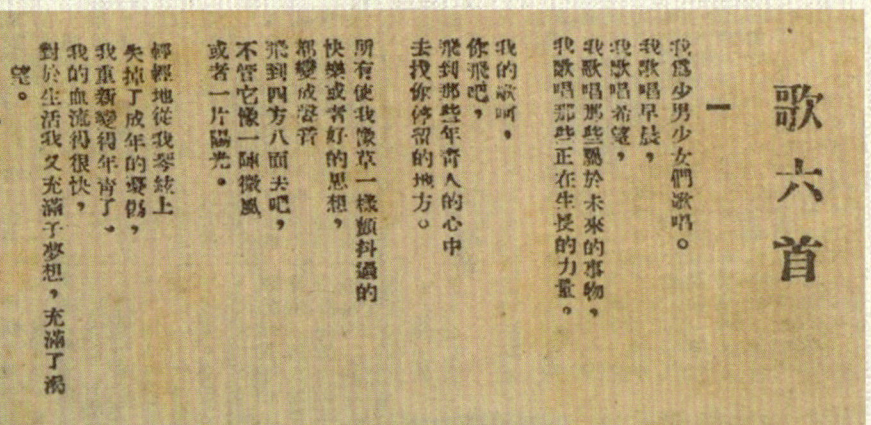

《我为少男少女们歌唱》,载 1941 年 12 月 8 日《解放日报·文艺》第 51 期

《我为少男少女们歌唱》初刊于 1941 年 12 月 8 日《解放日报·文艺》第 51 期,为《歌六首》第一首,原无题。后题为《我为少男少女们歌唱》,收入诗集《夜歌》,诗文学社 1945 年 5 月出版。此诗曾由黄肯谱曲,刊于 1943 年 9 月《音乐知识》第 1 卷第 5 期。

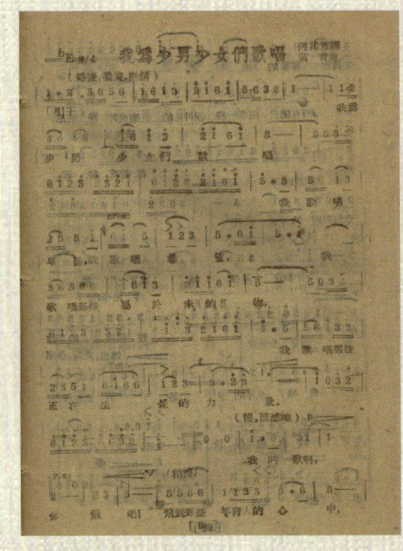

歌曲《我为少男少女们歌唱》

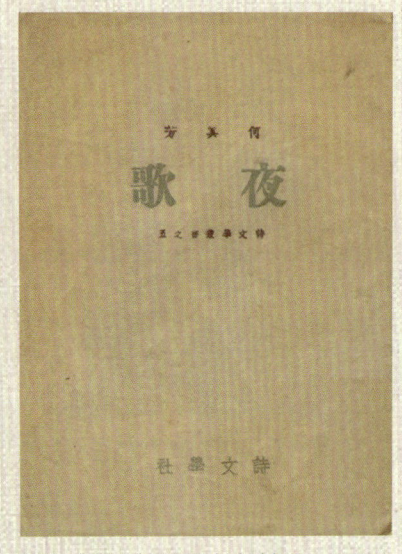

诗集《夜歌》1945 年版封面

# 歌唱二小

（晋察冀英雄故事歌之一）

方　冰

1942

牛儿还在山坡吃草
放牛的却不知那儿去了
不是他贪玩耍丢了牛
那放牛的孩子王二小

是九月十六的那天早上
敌人向一条山沟扫荡
山沟里掩护着后方机关
掩护着几千老乡

正在那十分危急的时候
敌人就快要走到山口
昏头昏脑的失迷了方向
抓住了二小要他带路

二小他顺从的走在前面
把敌人带进我们的埋伏圈
四面的高山上响起了枪炮
敌人才知道受了骗

敌人把二小挑在枪尖

演唱：中央广播电台
少年儿童合唱团

摔死在大石头上边
我们的十三岁的二小
可怜他死得这样惨

干部和老乡得到安全
二小还睡在冰冷的山间
他底脸上含着微笑
他的血染红了蓝的天

秋风走遍了每个村庄
他把这动人的故事传扬
每一个村庄都含着眼泪
歌唱二小这放牛郎

方冰（1914—1997），原名张世方，安徽凤台人。1938年春到延安，入陕北公学学习并加入中国共产党。同年冬随西北战地服务团赴晋察冀抗日根据地宣传抗日，先后在军区政治部宣传部、西北战地服务团及平西游击区工作，并负责编辑、刻印《诗建设》。曾与田间、邵子南、曼晴、魏巍等人发起"街头诗运动"。1944年回延安，入中央党校学习。1949年后，曾任大连市文化局局长、辽宁省作家协会副主席等职。出版有《柴堡》《战斗的乡村》等诗集。

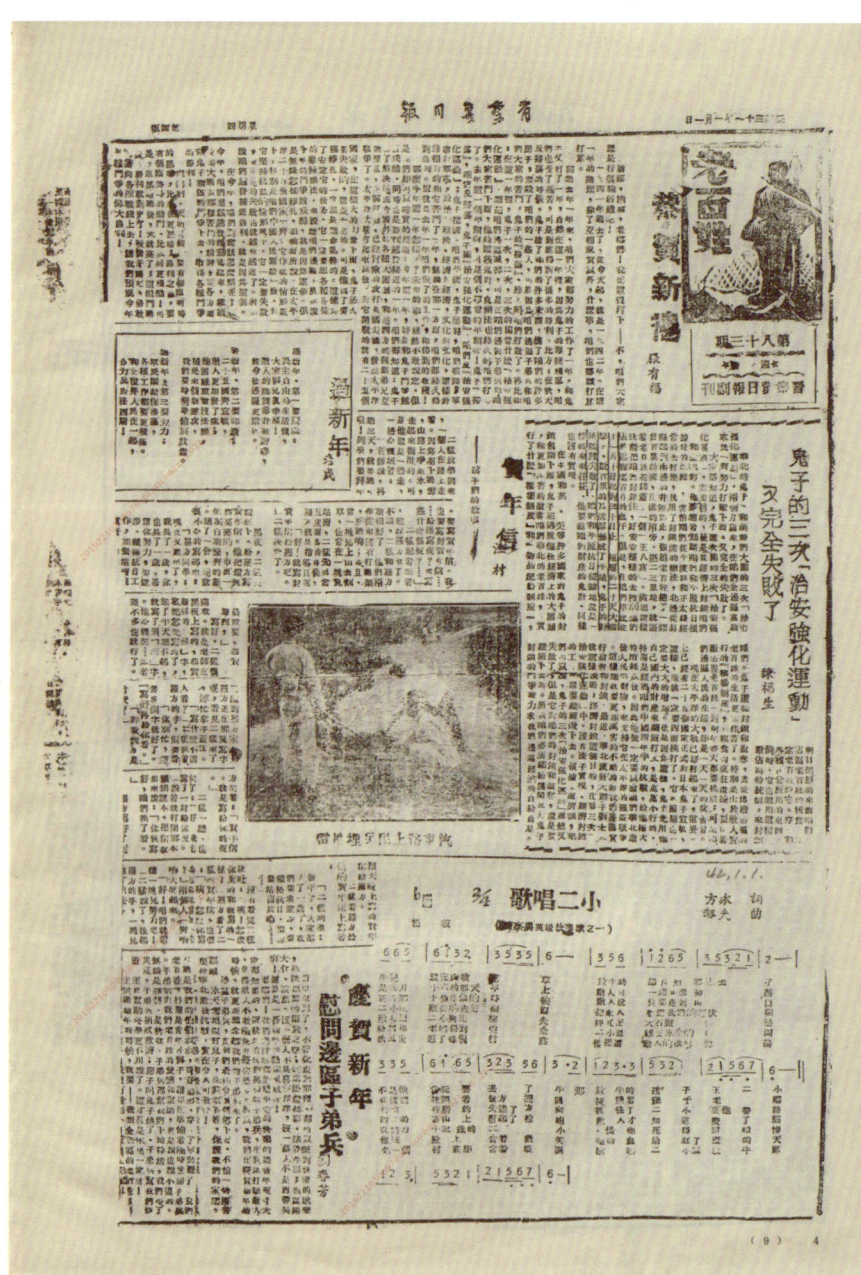

《歌唱二小》，载1942年1月1日《晋察冀日报》

诗集《柴堡》封面

《歌唱二小》由方冰作词，劫夫谱曲，初刊于 1942 年 1 月 1 日《晋察冀日报》副刊《老百姓》第 83 期。后更名为《歌唱二小放牛郎》，1956 年 4 月由辽宁人民出版社出版单行本。这是一首广为传唱的歌曲，借歌颂抗日英雄王二小的事迹，生动再现了晋察冀地区人民英勇的反"扫荡"斗争。

方冰回忆说，1941 年反"扫荡"结束后，回到了平山和灵寿两县交界处的两界峰小山村。"一天，我和劫夫坐在房东家的台阶上晒太阳。说起各人在反'扫荡'中的经历，说到许多可歌可泣的英雄人物和他们的英雄事迹，其中有男有女有老有少，完县野场惨案的小英雄王璞，就是其中的一个。我们被这些平凡的英雄人物的英雄事迹所深深的感动。"劫夫提议写成歌词，谱上曲子，于是"我坐在台阶上构思了一下，用了大约一小时的时间，就写出了《歌唱二小放牛郎》"。(《〈歌唱二小放牛郎〉故事歌的产生》，1995 年 8 月《新文化史料》第 4 期)

# 五月之夜呵

钱丹辉

五月之夜呵,
晋察冀的山村并不寂寞,
劳动的音乐到处不停。

**1942**

井边的辘轳在轻快地转动,
催着流水奔跑,
发出欢乐的笑声。

小屋里纺车嗡嗡地响着,
像一群群蜜蜂,
绕着盛开的鲜花飞鸣。

织布机响起快速的节拍,
那清脆的穿梭的声音,
好似阵阵急雨洒落满村。

当我从寂静的平原走进山区,
听见这熟悉的旋律,
仿佛温柔的手在抚摸我的心魂。

朗诵:谢雨桐

我放开胸怀自由呼吸,
用故乡的语言轻轻呼喊:
呵,我又到家了,我的亲人!

  1942年5月草于河北易县岭东村

  钱丹辉(1919—2007),江苏金坛人。1938年3月入延安抗日军政大学,后在晋察冀组织铁流社,主编《诗战线》月刊。历任晋察冀军区一分区宣传科科长,新华社察哈尔分社副社长、《冀热察导报》社长,《皖南日报》社长,陕西省社会科学院副院长等职。出版有诗集《丹辉诗选》。

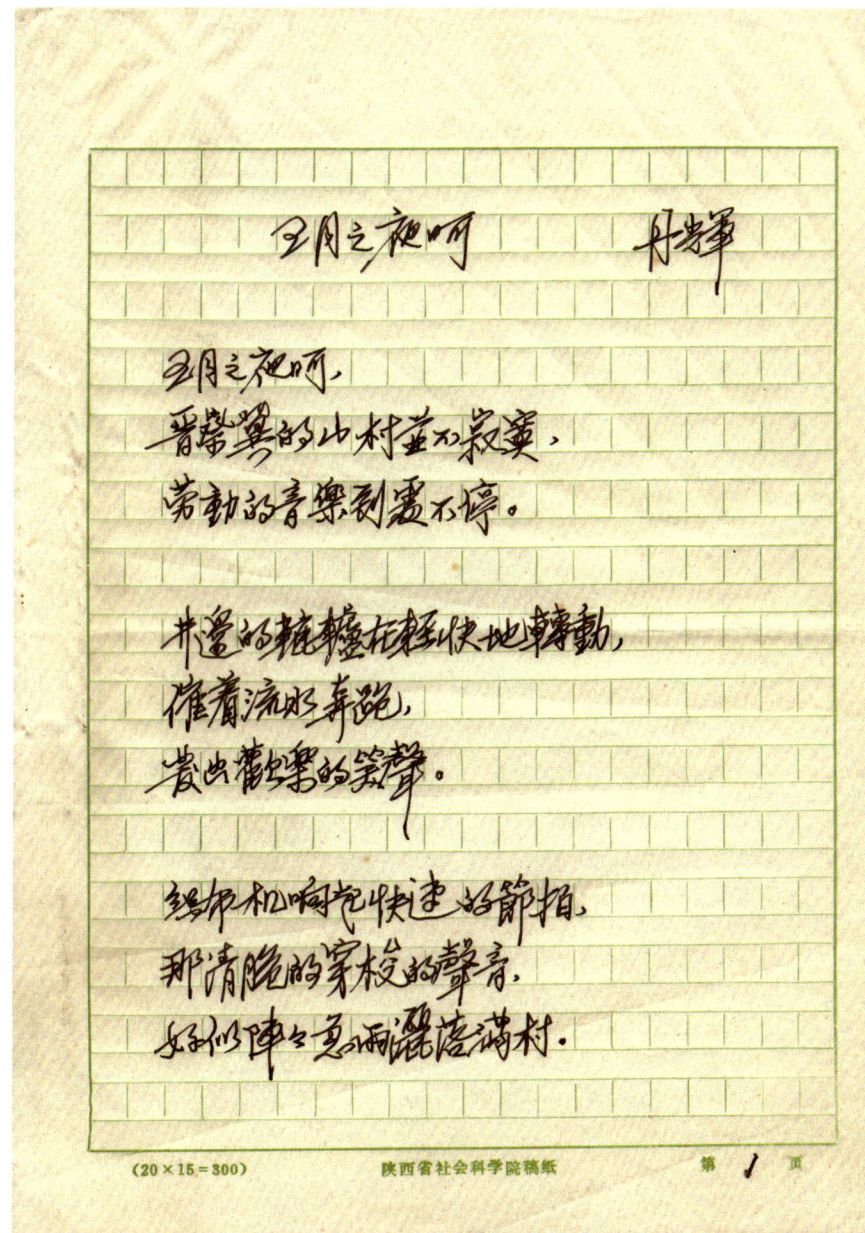

《五月之夜呵》诗人手迹

当我从寂静的平原走进山区，
听见这亲亲的旋律，
仿佛温柔的手在抚摸我的心灵。

我敞开胸怀自由呼吸，
用故乡的语言轻轻呼喊：
呵，我又到家了，我的亲人！

　　　　一九〇二年3月草于河北易县炭東村

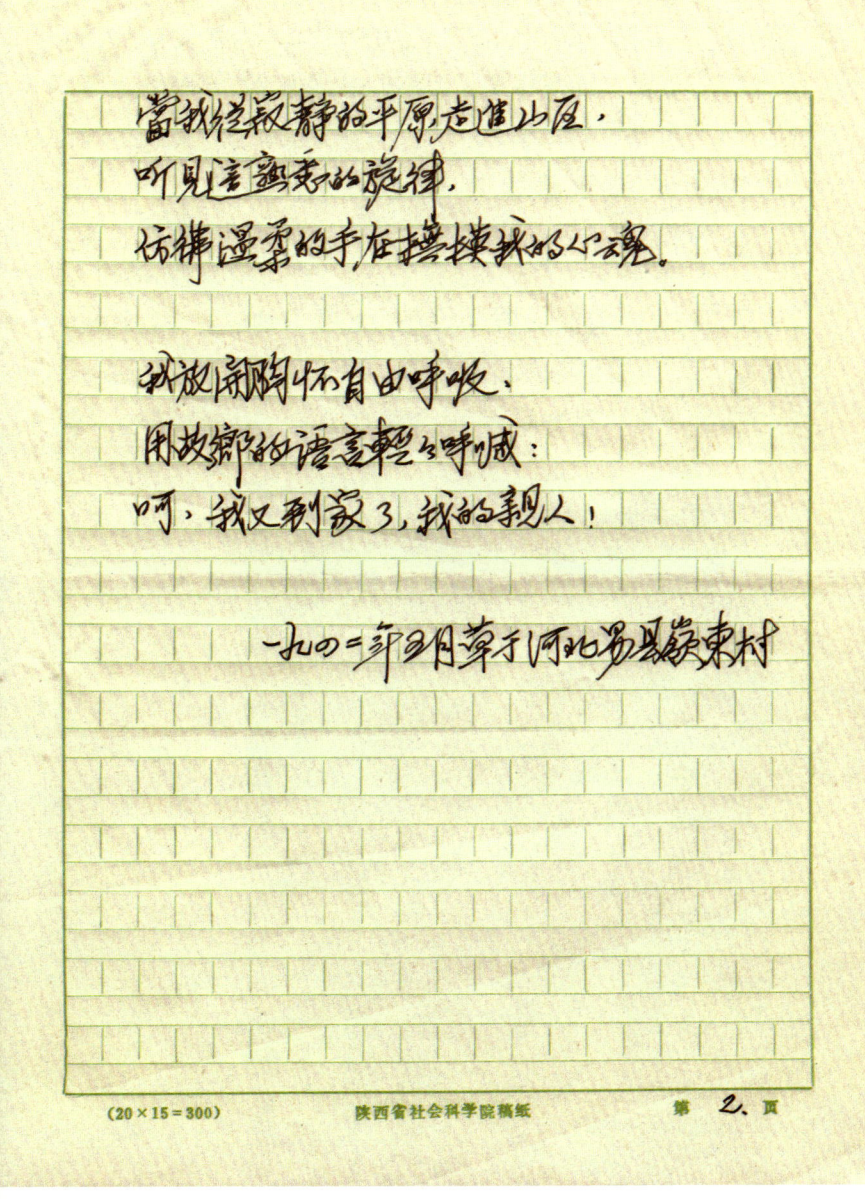

《五月之夜呵》1942年5月作于河北易县岭东村。收入1984年10月中国青年出版社出版的《晋察冀诗抄》，后收入《丹辉诗选》，1994年7月由安徽文艺出版社出版。该诗用清新自然的笔调描绘出晋察冀人民积极劳动建设新生活的热情，表现了诗人对山区与村民朴实而深沉的爱。

魏巍回忆说："当年，丹辉同志在晋察冀东线一直坚持着诗歌的阵地。他是铁流社的主持人，又是《诗战线》的主编。那时他热情很高，雨季战斗中还背着大家的诗稿行军，这是很令人感动的。"（《晋察冀诗抄·后记》，中国青年出版社1984年10月版）

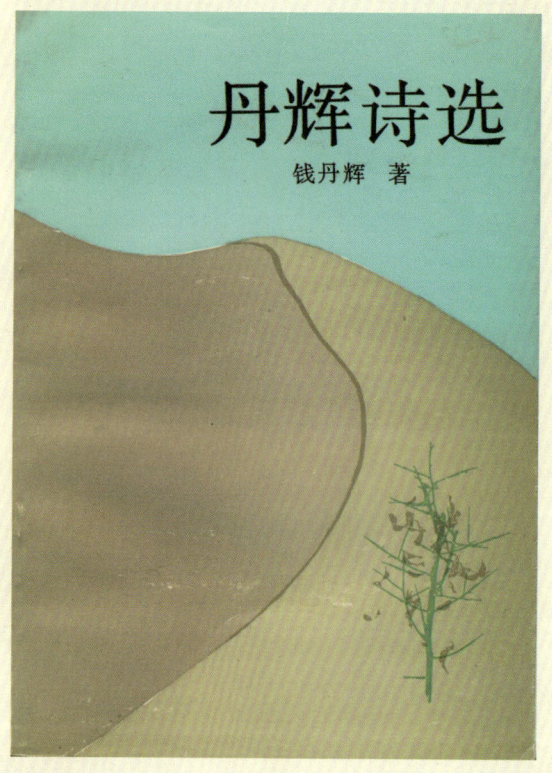

《丹辉诗选》1994年版封面

# 囚 歌

叶 挺

为人进出的门紧锁着，
为狗爬出的洞敞开着，
一个声音高叫着：
——爬出来呵，给尔自由！
我渴望着自由，但也深知道：
人的躯体那能由狗的洞子爬出！
我只能期待着，那一天
地下的火冲腾
把这活棺材和我一齐烧掉，
我应该在烈火和热血中
得到永生。

　　六面碰壁居士三十一・十一・二十一・

1942

朗诵：李定淀

叶挺（1896—1946），原名叶为询，字希夷，广东归善县人。1924年赴苏联东方大学学习，同年加入中国共产党。回国后担任国民革命军独立团团长，率部参加北伐战争。先后参加南昌起义和广州起义，后任新四军军长。皖南事变中被逮捕关押，1941年1月18日《新华日报》载周恩来题诗抗议："千古奇冤，江南一叶，同室操戈，相煎何急？！"1946年3月4日叶挺经营救出狱，同年4月8日自重庆飞赴延安途中不幸遇难。1946年4月20日《解放日报》刊出《追悼"四八"被难烈士特刊》缅怀叶挺等人，毛泽东手书悼词"为人民而死虽死犹荣"。

《囚歌》为叶挺在狱中所作，有多种版本流传，诸本略有不同。较早版本见郭沫若1946年4月1日所作《叶挺将军的诗》一文，刊于同月6日《唯民周刊》第1卷第1期。该诗附于叶挺1942年11月14日在"渝郊红炉厂囚室"写给郭沫若的信后，由夫人李秀文探监时带出。诗原无题。中国青年出版社1959年2月出版的《在烈火中永生》讲，"在渣滓洞楼下第二号牢房，叶挺将军还用铅笔在墙壁上留下了大气凛然的诗句"，这些诗句"后来被同志们谱成'叶挺囚歌'，每一个人都喜欢唱它"。

1938年1月郭沫若(中)与叶挺(右一)等人摄于武汉新四军办事处

随后萧三以《囚歌》为题将叶挺此诗编入《革命烈士诗抄》，1959年4月由中国青年出版社出版。

郭沫若在《叶挺将军的诗》文末附记："一九四六年三月四日，希夷囚禁之后恢复自由，晚上在中共代表团看了他回来，又在电火光中反复读着他这首诗。"郭文中赞扬叶挺的诗作："这里燃烧着无限的愤激，但也辐射着明澈的光辉，要这才是真正的诗。"感动于叶挺的气节，郭沫若表示："我敬仰希夷，事实上他就是我的一位精神上的老师。他有峻烈的正义感使他对于横逆永不屈服，而同时又有透辟的人生观使他自己超越在一切的苦难之上。五年的囚禁生活，假使没有这样的精神是不能够忍耐的。"《叶挺将军的诗》为郭沫若致《唯民周刊》创刊号的专稿，编者在郭文后作《读上文后附记》，高度评价叶挺的诗作与郭沫若的来稿："这首诗是用生命和血写成的，这篇文也包含有深厚的友情，崇高的人格，生命和血在内,我要套郭先生的话说:假使有青年朋友要学写'诗''文'的话,我希望他就从这样的'诗''文'里学,假使有青年朋友要学做人的话,我希望他就从这样的人里学。"

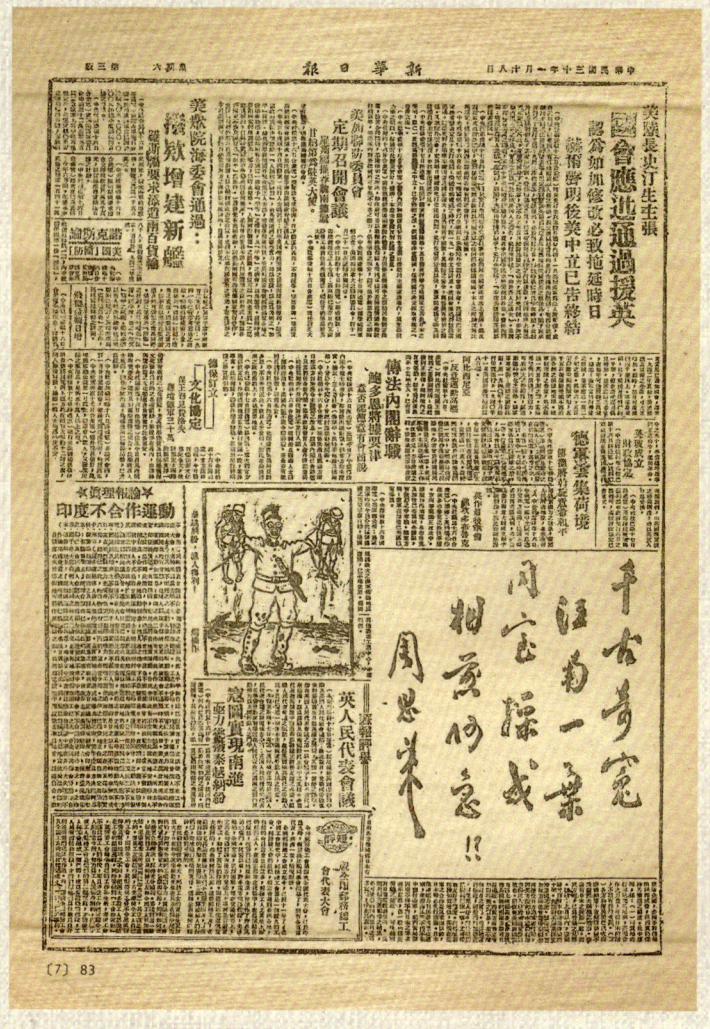

1941年1月18日《新华日报》刊出周恩来的题诗

《唯民周刊》刊出的诗是据叶挺书信的原件编排的，郭沫若曾在文稿上特别附言，要求"用后，请将原稿掷还"，可见对此信之珍视。编者《读上文后附记》讲："原稿是用蓝墨水写的，间有多处涂改，足见决非草率成章，且为作者亲笔，何忍给排字房胡乱污损，当即嘱吾助手吴伯就君照抄一份付排，谨以原稿奉还郭先生，并缀数言以志深厚之谢意。"

　　《叶挺将军的诗》在《唯民周刊》上刊出后两日，叶挺与家人在飞赴延安途中罹难。同月21日《消息》半周刊第5期全文转载郭沫若该文，文末附文联社编者按："沫若先生此文作于叶挺将军出狱后数日，而我们收到此文，却已是得到叶挺将（军）殉难的噩耗之后了。沫若先生复读此文，一定会倍增悲痛，这是我们想象得到的。"这则编者按中亦使用较大篇幅援引一位曾经亲身经历过皖南事变的青年的记叙，追忆叶挺在被捕入狱前的英勇战斗与对战友们的人文主义关怀。

　　《囚歌》中以"为人进出的门"与"为狗爬出的洞"比喻两种不同的人生选择，歌唱了人的尊严，抒发了在烈火和热血中得到永生的豪情。

1946年4月6日《唯民周刊》第1卷第1期封面

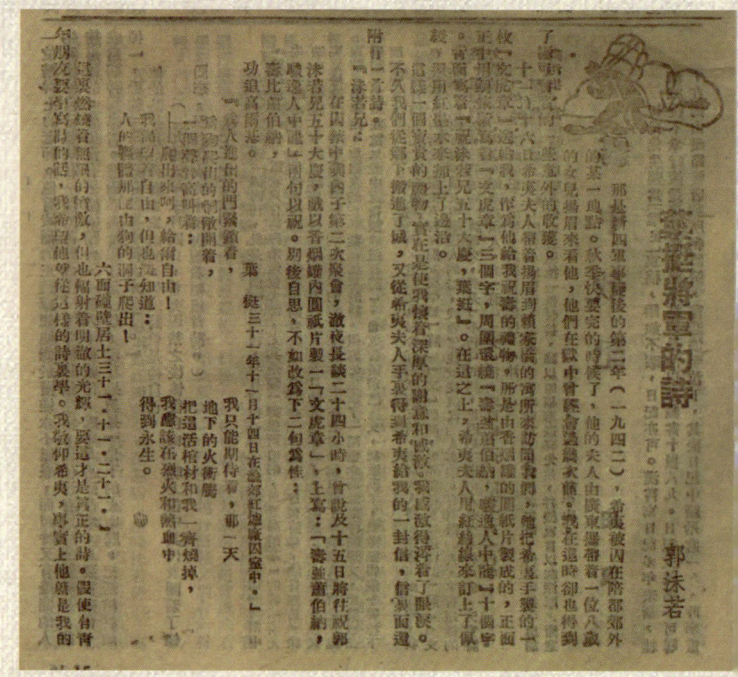

郭沫若《叶挺将军的诗》，载1946年4月6日《唯民周刊》第1卷第1期

# 肉 搏

蔡其矫

白色的阳光照在高高的山上,
在那里,剧烈的战斗正在进行。

近傍,那青铜的军号悲壮地响起,
冲锋的军号,以庄严的声音,鼓舞我们的士兵。

1942

一个青年,我们团里的一个新兵,
飞似地前进,子弹在脚下扬起缕缕烟尘。
而在山岩后,一个日本军曹迎上来。

于是开始了惊心动魄的肉搏战!
军号还在吹,山谷震荡着喊杀声……
交锋几个回合,那青年猛力刺了一刀,
敌人来不及回避,也把刺刀迎面刺来,
两把刺刀同时刺入两人的胸膛,
两个人全静止般地对峙着,啊!决死的斗争!

只因为勇士的刺刀比鬼子的刺刀短几分,
才没叫颤栗的敌人倒下来,
我们的勇士没有时间思索,有的是决心,
他猛力把胸膛往前一挺,让敌人的刺刀穿过背梁,
勇士的刺刀同时深深地刺入敌人的胸膛,

朗诵:张世轩

敌人倒下，勇士站立着。山谷顿时寂静！

第二年，在那流血的地方来了一只山鹰，
它瞅望着，盘旋着，要栖息在英雄的坟墓上；
它仿佛是英雄的化身，不忍离开故乡的山谷。
过路的士兵呀！请举起你的手向它致敬。

一九四二年

蔡其矫（1918—2007），福建晋江人。1938年到延安，入鲁迅艺术学院学习。1940年1月加入中国共产党。历任晋察冀军区作战处军事报道参谋、华北联合大学文学系教员、中共中央社会部一室一科军政组组长等。1949年后曾任中央人民政府情报总署东南亚科科长、中国作家协会文学讲习所教研室主任、福建省作家协会副主席等。出版有《回声集》《回声续集》《祈求》《福建集》等诗集。

1953 年《解放军文艺》
7 月号封面

·80·

# 肉搏

蔡其矯

白色的陽光照在高高的山上，
在那裏，劇烈的戰鬥正在進行。

近傍，那青銅的軍號悲壯地響起，
衝鋒的軍號，以莊嚴的聲音，鼓舞我們的士兵。

一個青年，我們團裏的一個新兵，
飛似地前進，子彈在脚下揚起縷縷煙塵。
而在山岩後，一個日本軍曹迎上來。

於是開始了驚心動魄的肉搏戰，—
軍號還在吹，山谷震盪着喊殺聲……
交鋒幾個回合，那青年猛力刺了一刀，
敵人來不及廻避，也把刺刀迎面刺來，
兩把刺刀同時刺入兩人的胸膛，

兩個人全靜止般地對峙着，啊！決死的鬥爭—

只因爲勇士的刺刀比鬼子的刺刀短幾分，
才沒有叫那兇悍的敵人倒下來，
我們的勇士沒有時間思索，有的是決心，
他猛力把胸膛往前一挺，讓敵人的刺刀穿過背脊，
勇士的刺刀同時深深地刺入敵人的胸膛，
敵人倒下，勇士站立着，山谷頓時寂靜—

第二年，在那流血的地方來了一隻山鷹，
牠嘹望着，盤旋着，要棲息在英雄的墳墓上，
牠彷彿是英雄的化身，不忍離開故鄉的山谷。
過路的士兵呀！請舉起你的手向牠致敬。

一九四二年

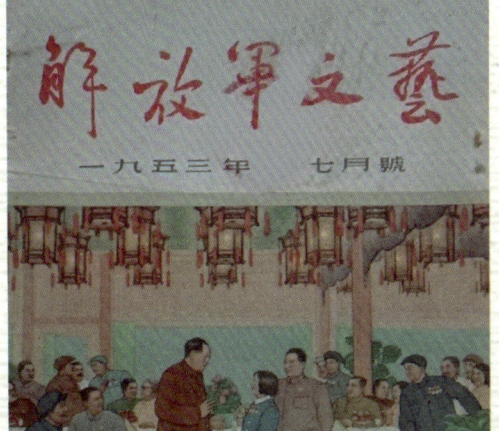

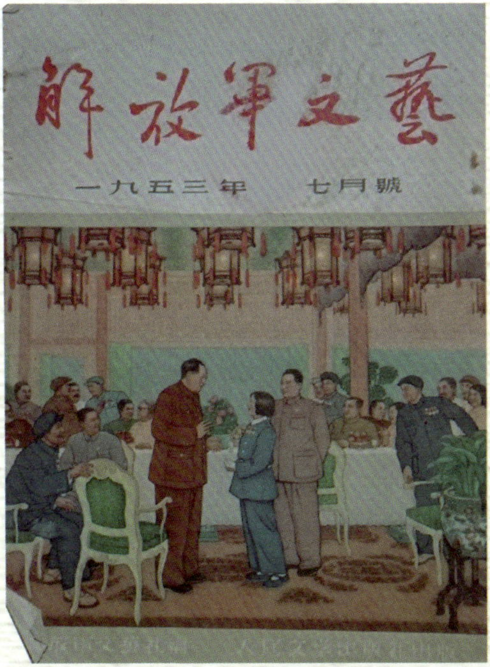

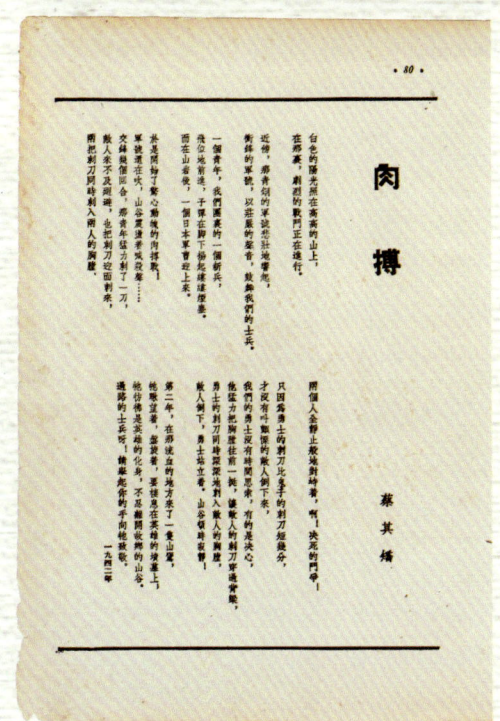

《肉搏》，载 1953 年
《解放军文艺》7 月号

《肉搏》作于1942年蔡其矫到晋察冀根据地后,刊于1953年《解放军文艺》7月号,后收入《回声集》,1956年6月由作家出版社出版。此诗直击战场,表达了对肉搏战中英勇战斗的士兵的赞颂与敬意。谢冕讲:"《肉搏》与其说是一首诗,不如说是一尊让人惊心动魄的悲壮的雕塑。"(《特别的蔡其矫》,见《永远的蔡其矫》,海峡文艺出版社2016年12月版)

蔡其矫讲:"《肉搏》一诗所写的是一个真实的事件,发生在抗日战争中敌后根据地晋察冀边区第三军分区。那时我们军队的装备不整齐,甚至有汉阳兵工厂制造的老式步枪,刺刀比较短,而日本人的装备一律是三八式步枪,刺刀比较长。1942年春天,诗人鲁藜告诉我这个故事,我随即把它写成诗。那时候,我已开始受美国诗人惠特曼《草叶集》的影响,特别喜欢他在南北战争中所写的行军诗,所以有冷峻的'白色的阳光'和长长的句子。当时又正在读法国的英雄史诗《罗兰之歌》,因此又有思古的'青铜的军号'。最后一段,却是地地道道的中国抗战时期固有的浪漫主义。"(《中国诗人成名作选》,上海文化出版社1986年12月版)

诗集《回声集》1956年版封面

# 爱恋

力 扬

如果我是这溪滩上的流水
我底亲爱的祖国呵
我将紧紧地贴着你底耳朵
用最清脆的,最美丽的声音
谱着各色各样的歌曲
坐在你底身边,唱给你听
那歌声啊,永远诉说着
我所供献给你的衷心的爱情

如果我是这河岸上的芦苇
或是那山坡下密密的棕榈
我底亲爱的祖国呵
我要伸着雪白的温柔的手指
轻轻地抚摩着你所有的伤痕
或是用纠结在地下的根须
吸起清甜的泉水滴在你底口上
又用宽大的叶子为你遮着太阳

如果我是这秋天的早晨
我底亲爱的祖国呵
我将剪下那天上的彩霞
为你缝制一件最舒适的衣裳

1943

朗诵:魏梓慧

叫飞翔着的白鸟给你穿上
叫松林旁边的流水打起铃鼓
到深深的山谷里去唤醒你
更替你揭开那沉重的夜雾……

一九四三,秋,北碚。

# 力扬

力扬20世纪40年代末在香港

> 力扬(1908—1964),原名季信,生于浙江青田。1929年入杭州国立艺术院学习绘画。1939年到重庆,在国民政府军事委员会政治部第三厅工作。1942年任教于育才学校,1947年随育才学校到上海,同年冬去香港,任中国民主同盟港九支部委员兼宣传部部长、香港中业学院文学系主任。1948年加入中国共产党,同年到晋察冀,入中央马列学院学习。1953年到中国科学院文学研究所工作。出版有《枷锁与自由》《我底竖琴》《射虎者及其家族》《给诗人》等诗集。

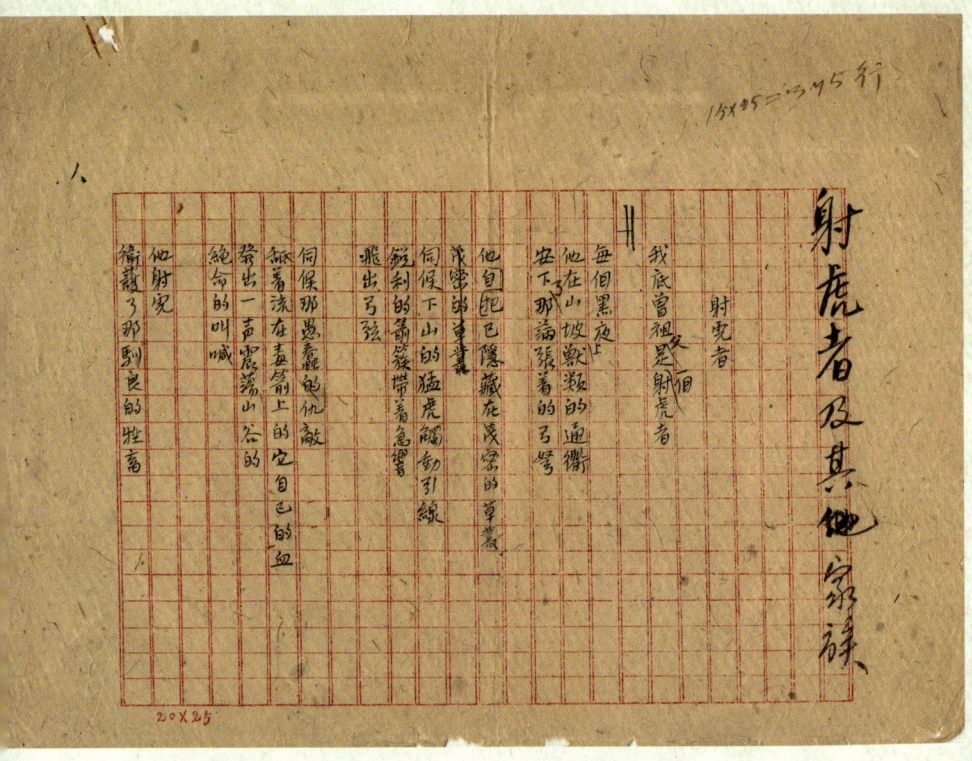

力扬诗手稿

《爱恋》1943年秋作于重庆北碚，是一首献给祖国的情歌。作品明朗，情深意长，具有很强的抒情性。"我底亲爱的祖国呵"反复地吟咏，新鲜而有意味的比喻的选取，唱出了诗人内心荡漾的对祖国的爱恋之情。

《爱恋》初收入诗集《我底竖琴》，诗文学社 1944 年 9 月出版，为"诗文学丛书"之二。当时的广告讲："这是作者自己精选的集子，包括《同志，再见》《冬天的道路》《断崖》《我底竖琴》等廿余首，风格清新，感情真挚，每首都和这大时代脉息相关，从诗人的声音里我们也可以听到人民的足步声。我们愿竭诚的推荐给爱好诗歌的朋友们。"（《诗人与诗》，1945 年 2 月《诗文学》丛刊第 1 辑）

诗集《我底竖琴》1944 年版封面

# 边区是我们的家乡

高长虹

边区是我们的家乡,
来到边区的同胞们
便都是我们的老乡。
我们把身体紧靠着身体。
不怕前面有虎豹豺狼。
我们像是五个指头
结成一个比铁还结实的拳头。
战斗为了团结,
团结为了战斗。

西北风是我们赶不走的客人,
它给我们带来紫的沙
和刻骨的寒冷。
太阳给我们送来温暖,
它跑来把它冲散。
我们的云散成雾,
我们的雾散成烟。
我们冬天呼吸不够雪花,
夏天也常常苦旱。

我们的土地瘦,
我们多把肥料喂。

1944

朗诵:董源

我们的人口稀,
我们一个人出十个人的力气。
我们一百个人里头
有九十五个生来是贫穷的,
为的来创造新天地。
我们是从苦难里训练出来的军队。
在抗日的战线上
我们是前卫。
我们先准备好总反攻,
我们先胜利。

高长虹(1898—1954),原名高仰愈,笔名长虹,祖籍山西盂县。1924至1929年先后在太原、北京、上海等地发起并组织"狂飙运动",并作为莽原社成员协助鲁迅编撰《莽原》月刊。1938年在武汉、重庆等地从事抗日救亡宣传活动。1941年徒步赴延安参加革命工作。1946年赴哈尔滨,加入东北文化协会。出版有《献给自然的女儿》《延安集》等诗集。

华君武回忆:"约在 1944 年(应为 1941 年),狂飙社的高长虹老先生只身步行从山西(应为重庆)来到鲁艺找到周扬,他性格孤僻,周扬就安排他住在美术系,嘱我在生活上照顾他。我记得他只偶尔和从苏联回来的美术史家胡蛮偶有来往,有时还夹有争吵的声音。"(《"鲁艺"漫忆》,1997 年 5 月 28 日《人民日报》)

高长虹在延安期间创作的诗歌并不多,《边区是我们的家乡》是其中的一首,初刊于 1944 年 11 月 6 日《解放日报》,署名长虹;后收入诗集《延安集》。诗人以朴素真挚的笔调赞扬边区人民不畏自然条件艰苦,努力奋斗开创新生活的高亢热情,洋溢着浓浓的乐观主义情绪。

《边区是我们的家乡》,载 1944 年 11 月 6 日《解放日报》

《延安集》1946年9月由张家口文协所属的业余出版单位"和平野营"出版，收入高长虹在《解放日报》和墙报上发表的诗作10首，是所见最早用"延安"命名的诗集。

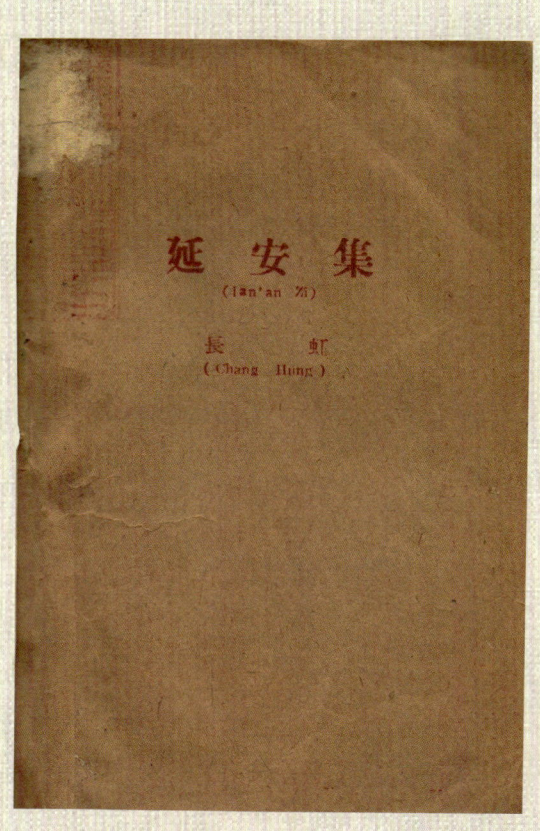

诗集《延安集》1946年版封面

# 王贵与李香香（节选）
## ——三边民间革命历史故事

李 季

### 掏苦菜

山丹丹开花红姣姣，
香香人材长的好！

一对大眼水汪汪，
就像那露水珠在草上淌。

二道糜子碾三次，
香香自小就爱庄稼汉。

地头上沙柳绿蓁蓁，
王贵是个好后生！

身高五尺浑身都是劲，
庄稼地里顶两人。

玉米开花半中腰，
王贵早把香香看中了。

1945

朗诵：孙海佩

小曲好唱口难开，
樱桃好吃树难栽。

交好的心思两人都有，
谁也害臊难开口。

王贵赶羊上山来，
香香在洼里掏苦菜。

赶着羊群打口哨，
一句曲儿出口了：

"受苦一天不瞌睡，
合不着眼睛我想妹妹。"

停下脚步定一定神，
洼洼里声小像弹琴！

"山丹丹花来背洼洼开，
有那些心思慢慢来。"

"大路畔上的灵芝草，
谁也没有妹妹好！"

"马里头挑马不一般高，
人里头挑人就数哥哥好！"

"樱桃小口糯米牙,
巧口口说些哄人话。"

"交上个有钱的花钱常不断,
为啥要跟我这揽工的受可怜?!"

"烟锅锅点灯半炕炕明,
酒盅盅量米不嫌哥哥穷。"

"妹妹生来就爱庄稼汉,
实心实意赛过银钱。"

"红瓤子西瓜绿皮包,
妹妹的话儿我忘不了。"

"肚里的话儿乱如麻,
定下个时候,说说知心话。"

"天黑夜静人睡下,
妹妹房里把话拉。"

"——满天的星星没月亮,
小心踏在狗身上!"

　　李季（1922—1980），原名李振鹏，河南唐河人。1938年入延安抗日军政大学学习，次年5月加入中国共产党，毕业后赴太行山，在八路军部队曾任连政治指导员、联络参谋等职。1942年冬至1947年，在陕北"三边"（定边、安边、靖边三县）工作，历任小学教员、县政府秘书和地方小报编辑等职。1948年回到延安，任《群众日报》副刊编辑。1952年冬到玉门油矿工作学习，担任矿党委宣传部部长。后曾任《人民文学》《诗刊》主编。出版有《王贵与李香香》《玉门诗抄》等诗集。

　　1942年5月毛泽东同志在延安主持召开文艺座谈会，之后中国革命文艺运动进入了新的阶段。《王贵与李香香》在此后孕育而生，得到高度评价。该诗是在毛泽东同志"文艺为工农兵服务"方针指引下，文艺工作者同劳动人民相结合的产物。郭沫若称赞，在这首诗里"看出了天足的美，看出了文学的大翻身。这些正是由人民

意识中发展出来的人民文艺,正是今天和明天的文艺"。(《王贵与李香香·序一》,香港海洋书屋1947年3月版)

《王贵与李香香》1945年底完稿,全诗共3部13章,以陕北民歌"信天游"的形式,借王贵和李香香的爱情故事为线索,展现"三边"人民走上革命道路的历程。李季讲:"1945年底,我在陕甘宁边区盐池县工作时,根据我在三边工作几年所接触了解的三边人民在土地革命中的斗争,和我收集的许多三边民歌顺天游,写了《王贵与李香香》。"(《我的写作经历》,1981年11月《新文学史料》第4期)

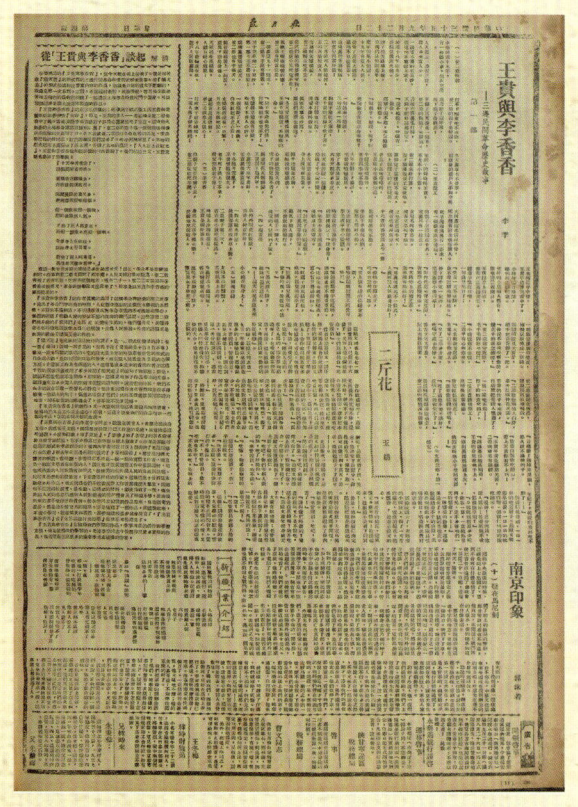

《王贵与李香香》第一部,载1946年9月22日《解放日报》

《王贵与李香香》1946年夏初刊于《三边报》，后分三次刊于1946年9月22日至24日的《解放日报》上。同年11月，东北书店刊行了《王贵与李香香》最早的单行本。据不完全统计，《王贵与李香香》1945年底完稿以来，发行单行本20余种。1949年后，该诗被翻译成维吾尔文、蒙文、英文、法文、德文等多种语言出版，出版形式包括诗集、剧作、连环画等，流传之广、影响之大，可见一斑。

《王贵与李香香》不同版本封面

《王贵与李香香》英文版封面

# 地层下面
## ——为"春蛰"而歌

苏金伞

冰雪
使大地沉默

然而沉默
并不是
死亡

1947

眼前
虽然是冻结的池塘
是没有颜色的田野
是游行过后
标语被撕去的墙壁
和旗子的碎片飘散的大街

但在地层下面
要飞翔的正在整理翅膀
要跳跃的正在检点趾爪
要歌唱的正在补缀乐曲
要开花结子的正在膨胀着种子

朗诵：孙振博

躺在枪膛里的子弹
也正在测验着自己的甬道

不久
土壤就会暖和起来
肌肉也松动了
雷会来呼唤它们

不久
就是彩色的节季
和音响的世界

而匿居在洞穴里
或流放在海边的喑哑的歌者
也将汇合在一起

围绕着太阳
举行一次大合唱

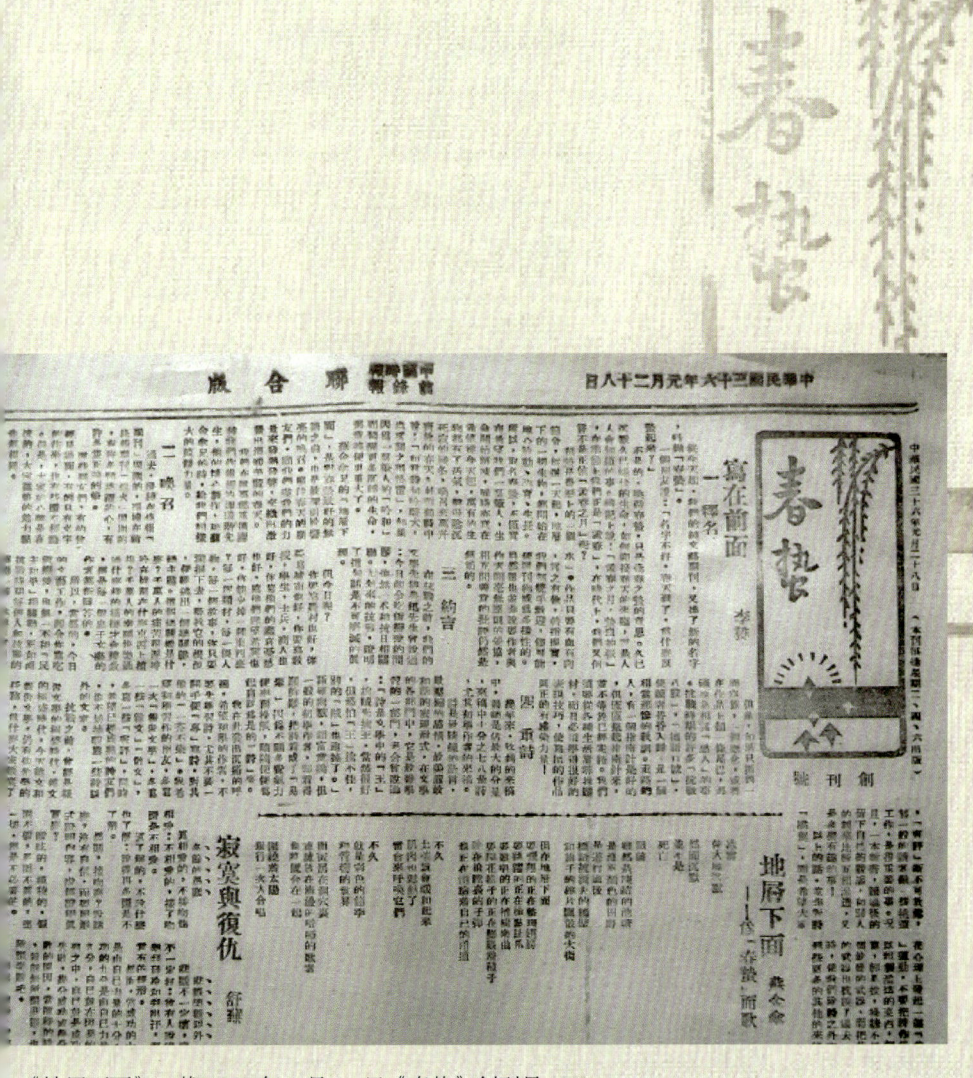

《地层下面》，载 1947 年 1 月 28 日《春蛰》创刊号

# 苏金伞

苏金伞（1906—1997），原名苏鹤田，河南睢县人。1927年加入中国共产党。1928年因参与革命活动被捕，1929年出狱，在河南任教。1947年担任《中国时报·前锋报》联合版副刊《春蛰》编辑。1948年进入解放区，到正定华北大学学习。1949年北平解放后参与接管工作，曾任河南省文联副主席。出版有《地层下》《窗外》《入伍》等诗集。

　　《地层下面——为"春蛰"而歌》初刊于1947年1月28日《中国时报·前锋报》联合版副刊《春蛰》创刊号。又刊于1947年4月15日《新诗歌》第3号，删去副题，诗句有改动。后收入诗集《地层下》，1947年10月由上海星群出版公司出版，改题为《地层下》，诗句又作改动。

　　苏金伞讲："1946年春天，《中国时报》和南阳《前锋报》合刊，李蕤任主笔兼编副刊，让我另编《诗与散文》专页。副刊定名为《春蛰》，创刊号让我写首诗，我写了《地层下》,李蕤把它作为发刊词发在最前面。""到 1947 年,共产党节节胜利,打进国民党的心脏,我看到了希望。因此,在《地层下》一诗里暗示:虽然在地层下,但生命却在萌动,不久就是彩色的世纪和音响的世界。"(《创作生活回顾》,1985 年 8 月《新文学史料》第 3 期)

《中国时报·前锋报》联合版主笔李蕤在《春蛰》创刊号《写在前面》讲:"苏金伞兄的《地层下面》,是对春蛰最好的无谱之曲,也是最深刻最响亮的召唤。向往春天的朋友们,愿我们尽我们的力量来发热发声,交织出激荡出温暖美丽的春天。"

诗集《地层下》1947 年版封面

# 王九诉苦(节选)

张志民

### 孙老财

进了村子不用问,
大小石头都姓孙。
孙老财一手把天地盖,
穷小子死了没处埋。
孙老财瓦房前院连后院,
穷小子光着屁股串房檐。
孙老财的陈米生了虫,
穷小子菜锅粥里照人影。
孙老财街里一跺脚,
吓得穷小子不知怎么好。
孙老财算盘排扒打,
算光了一家又一家。

### 控 诉

苦难的日子多少年,
阴天也会变晴天,
大杨叶儿哗哗响,
杨树底下大会场,
孙老财一条蔴绳拴,

1947

朗诵:敬雯

打籽的茄子落架的烟,
王九的心里像开了锅,
几十年的苦水流成河:
"你逼死我父命一条,
你逼得我葱葱上了吊!
你仗势打了俺家门,
你逼我十冬腊月往出跑!"
王九的苦水吐不完,
说到苦处泪涟涟:
"孙老财你杀人要偿命,
孙老财你剥削要清算!
受了你多少年窝囊气,
我今天就要把身翻!"
王九的话没说完,
农民的口号响震了天:
"多少年的冤仇多少年的恨,
今天要一总来清算!
斗倒地主大恶霸,
咱们穷人来翻身!"

张志民（1926—1998），生于河北宛平。1940年参加八路军，从事文化宣传工作。1941年加入中国共产党。1947年参加华北地区土地改革运动，同年到华北军区文化部创作组。1953年到中央文学研究所学习。1956年转业到群众出版社工作。1986年任《诗刊》主编。出版有《天晴了》《死不着》《西行剪影》等诗集。

长诗《王九诉苦》采用民歌的形式叙述了农民翻身的故事，是此类创作中影响很大的一首作品。此诗初刊于1947年7月13日《察哈尔日报》，8月22日《冀晋日报》转载，又刊于12月1日《战友》第2期；初收入诗集《死去活来》，太岳新华书店1948年8月出版，又收入诗集《天晴了》，读者书店1949年4月出版。1947年9月28日《冀晋日报》刊出萧三的诗评《我读了一首好诗——介绍张志民的"王九诉苦"》，同年11月15日《冀中导报》和1948年5月15日《人民日报》同期重刊了《王九诉苦》和萧三的诗评。

诗集《天晴了》1949 年版封面

萧三诗评讲:"我很喜欢八月十二日(应为二十二日)冀晋日报第三版登载的'王九诉苦'那首长诗。作者张志民同志,不知是那里人,在何处工作。我记得还读过他的其他作品,但这篇'王九诉苦'给我的震动颇大。""整篇长诗的手法,形式也非常好,既通俗、顺口,也极能感动人。""总之,我近来读到的许多关于土地改革、农民斗争诉苦翻身的诗歌,很少有这样写得好的。我要向所有的读者、所有的诗歌爱好者、创作者介绍这首长诗。我要向作者张志民诗人紧紧地用力地握手,庆祝他的成功!希望他再多写些这样战斗的诗歌出来。"

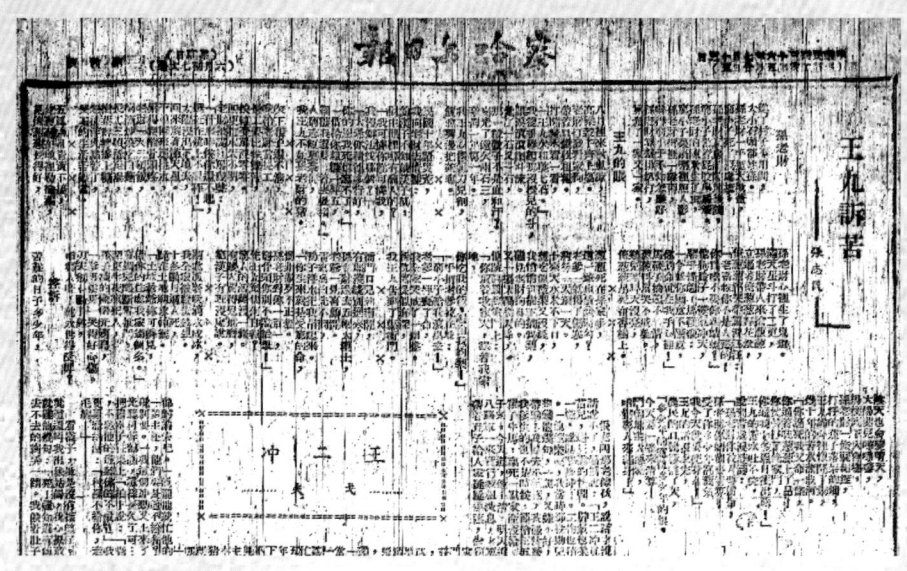

《王九诉苦》,载 1947 年 7 月 13 日《察哈尔日报》

# 我的家

牛 汉

我要远行。……

妻子痛苦，
她不能同我一道离开南方。
我们生命相连，
离别，
好像一把刀子，
将一颗圆润的苹果割成二块。
哎、哎
各人带着各人的种子吧！
暴风雨来，
我们都出芽！
在中国
开花。

她希望
我将出世十个月的孩子带上。
她说：
  孩子是诞生在地狱里的，
  让他
  到一个自由的旷野生长去吧！

1947

朗诵：惠政

我没有带孩子。
我知道,
地狱就要倒塌了,
而我也就要回来。

> 牛汉（1923—2013），原名史成汉，生于山西定襄。1945年在西北大学从事学生运动。1946年4月被捕入狱，经组织营救出狱后辗转至开封做地下工作，同年7月加入中国共产党。1948年8月到华北解放区，在河北正定县华北大学学习和工作。1950年12月曾赴抗美援朝前线，历任《空军卫士报》编辑、文化学校教务主任等职。后任《新文学史料》主编、《中国》执行副主编等职。出版有《彩色的生活》《温泉》《沉默的悬崖》等诗集。

《我的家》一诗作于 1947 年 12 月,初收入骆剑冰编《红旗升了起来》,五月文艺社 1949 年 7 月 7 日出版。诗中作者将自己与家人的分离比作"将一颗圆润的苹果割成二块"。即使暂时天各一方,但他坚信战争终将胜利,自己与家人也会带着彼此心中坚定的信念的"种子"出芽、开花。

牛汉讲:"1947 年下半年,由于所属地下组织遭到破坏,我与妻子必须避开敌人的追捕。妻子带着孩子回到老家安徽桐城,我流落到上海,由上海学联安排,我住在交通大学自治会的楼上,打地铺睡,没有桌子,趴在地铺上写了几十首小诗,《我的家》是其中的一首。当时急切地要到解放区去,有两个地方需要人去,一个是苏北,一个是浙南的某个海岛,都须乘渔船渡海,考虑到孩子与战争环境的动荡,我只能一个人先走。后来,我一家人并没有像'一颗圆润的苹果切成两半',半年之后,我们一块到了华北解放区。"(《简析〈我的家〉》,见《牛汉诗文补编》,作家出版社 2000 年 12 月版)

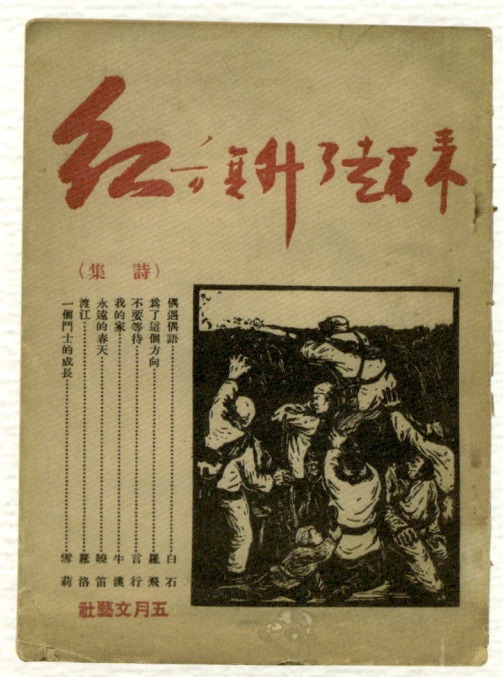

诗集《红旗升了起来》封面

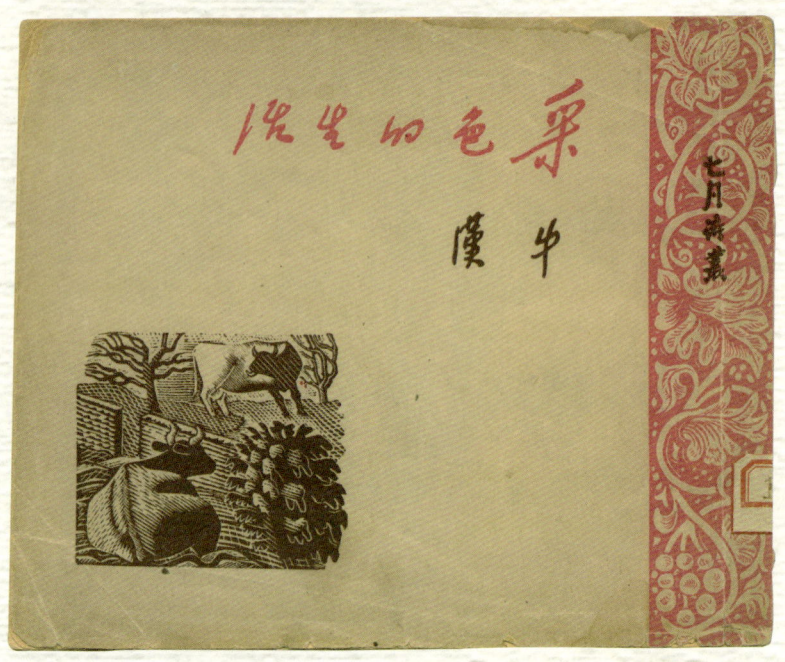

诗集《采色的生活》封面

204

# 青泥洼的诗章（节选）

陈　陇

一

青泥洼，
让我这样称呼你，
喊你的奶名，
该是多么亲密呢！

告诉你，
青泥洼，
我从关内走到关外，
向你走来；

向你走来，
越过那古老的长城，
冒着那塞外的大风雪，
跨过那锦绣的辽西。

二

为了看你，
我暂时脱下那套草绿色的棉袄，
换上那多年不见的西装，
——都市兴时的服饰。

1948

朗诵：张歆驰

——彼此都不习惯呵：
——我心里想。
——乍见的生疏，
——连说话都不通气。
我这个乡下佬，
向你道喜呀，
——翻身的城市，
我像爱乡村一样的爱你。

### 三

我看见你，
说不出有多少喜悦，
像突然发现我多年失去的兄弟，
刚刚走出那黑暗的牢狱。

呵，呵！青泥洼，
四十年的岁月呀，
压埋了你，侮辱了你，
然而，你终于见了天。

多亏那苏联的好公民，
列宁，斯大林的党，
和那勇武的红色将士们，
搭救了你，解放了你。

一九四六春写<br>一九四八年冬改竣

陈陇（1917—1979），曾用名白杨林，生于河南汝阳。1939年加入中国共产党。毕业于延安陕北公学。曾任晋察冀军区第三军分区政治部宣传科干事、"冲锋"剧社社长、指导员等职。1949年后曾任旅大市总工会宣传部部长、全国总工会宣传部部长、浙江美术学院党委书记等职。出版有《黎明之歌》《地球在大翻身》等诗集。

《青泥洼的诗章》初刊于1948年12月《学习生活》第2卷第4期，全诗共6章，后收入诗集《地球在大翻身》，文化工作社1951年8月出版，为"工作诗丛"之一种。据作者注，青泥洼为大连的旧名。此诗采用四句一段的结构，语言流畅，抒写了诗人脱掉"棉袄"换上"西装"进入"翻身的城市"之欣喜，而这欣喜来源于革命胜利、城市解放的自豪。

陈陇讲："我们要写诗，就要像写其他文学作品一样，必须拥有，必须储备，掌握着丰富的群众的语言，活的语言，活人的语言。这些语言，只有到活人堆里去，到群众里边去，到火热的斗争里去收集，去挑选，去提炼……这些语言，足以表现我们的生活相貌，足以传达我们的思想情感，足以准确的反映我们对于现实社会，人类生活斗争的具体形象，足以表达我们内心的一刹那间所感染的高度冲激的情绪的语言。"（《关于诗与诗的举例》，1948年10月1日《民主青年》第43期）

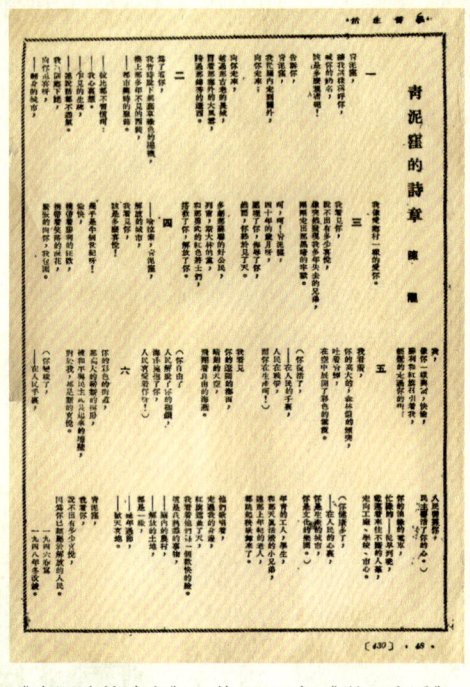

《青泥洼的诗章》，载1948年《学习生活》第2卷第4期

诗集《地球在大翻身》1951年版封面

# 我的"自白"书

陈 然

任脚下响着沉重的铁镣，
任你把皮鞭举得高高，
我不需要什么自白，
哪怕胸口对着带血的刺刀！

人，不能低下高贵的头，
只有怕死鬼才乞求"自由"，
毒刑拷打算得了什么？
死亡也无法叫我开口！

对着死亡我放声大笑，
叫魔鬼的宫殿在笑声中动摇；
这就是我——一个共产党员的自白，
高唱葬歌埋葬蒋家王朝！

**1948—1949**

此诗具体写作时间不详，目前仅能确认为1948年入狱后至1949年10月遇害前所作

朗诵：惠政

陈然（1923—1949），出生于河北香河。1939年加入中国共产党。1945年，在重庆从事地下革命活动。1947年任中共重庆市委地下组织机关报《挺进报》特别支部组织委员、书记。1948年由于叛徒出卖被捕，囚于重庆白公馆监狱。1949年10月28日遇害，时年26岁。

　　这首铿锵有力的诗歌是陈然发自内心深处的自白，表现了视死如归的英雄气概和大无畏的革命精神。此诗最早见于罗广斌、刘德彬、杨益言著的《在烈火中永生》，1959年2月中国青年出版社出版。后收入萧三编辑的《革命烈士诗抄》，1959年4月中国青年出版社出版。1961年小说《红岩》出版，作者以烈士陈然为原型，塑造了革命者"成岗"这一文学形象。随着小说的出版，《我的"自白"书》作为坚持到最后一刻的革命者的自白，得到了更广泛的传播。

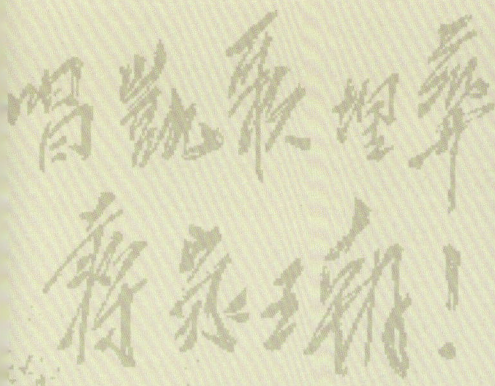
我的"自白"书》,《红岩》插画,正威绘

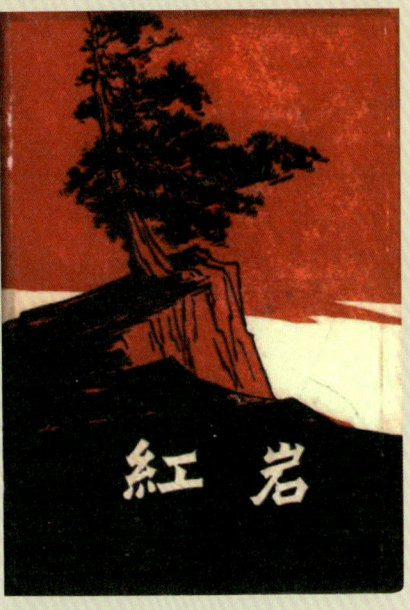
小说《红岩》1961年版封面

# 漳河水（节选）
## ——漳河牧歌

阮章竞

清早，偶尔散步漳河边上，看见两个男女牧童赶着羊群，娓娓悠扬地唱着一支牧歌，顿然若有所感。托人录下，以献给全国第一次妇女代表大会！

**1949**

### 苦难曲（调：开花）

漳河水，九十九道湾，
往日的凄惶诉也诉不完。

百挂挂大车拉百挂大车纸，
大碾盘磨墨写也写不起。

黄莲苗苗苦胆水奶活，
甚时说起来甚时火。

枣核儿尖尖中间粗，
甚时提起来甚时哭！

朗诵：郑钰科

**自由歌**（调：开花）

漳河水,九十九道湾,
毛主席领导把天地重安。

写在纸上怕水沤,
刻在板上怕虫咬。

拿上铁锤带上凿,
石壁刻上支自由歌:

三十七年来了共产党,
太行山人民大解放:

减租减息闹翻身,
土地改革搞平分。

男女平等与自由,
封建的铁箍捣开了口。

> 阮章竞（1914—2000），广东中山人。1937年9月在太湖一带从事抗日宣传工作，12月底经冼星海介绍由汉口北上赴太行抗日民主根据地。次年4月调入第十八集团第八路军晋冀豫边区太行山剧团。1939年1月加入中国共产党。抗日战争和解放战争期间在太行山革命根据地从事文艺工作，并参加减租减息、土地改革等运动。曾任游击队指导员，八路军太行山剧团团长等职。1949年后，先后担任《诗刊》副主编、中国作家协会理事等。出版有《漳河水》《迎春橘颂》等诗集。

《漳河水》与《王贵与李香香》共同标志着20世纪40年代后半期解放区叙事诗创作的繁荣和成就。阮章竞讲："要为太行山农村妇女写个东西，我早有这个愿望，但迟迟没有动手。一九四九年春天，我列席了太行区党委召开的妇女工作会议之后，又沿着清漳河，回到过去的驻地看了看。路上，我回想起会议上各地所反映的妇女问题，也想到战争即将结束，自己很快就要离开太行山，就要离开那些和我们同生死共患难的父老兄弟，那些在战争中为我们纺线、织布、做鞋、缝衣服的太行山劳动妇女。要为她们写个作品的念头就像久蓄在太行山里的水，忽然打开了闸门。""我想诗总归是诗，所以决定进一步打破自己的常规，不侧重曲折的情节，而侧重她们的内心生活，不侧重故事，而侧重抒发感情。"（《漫忆咿呀学语时：谈谈我怎样学习民歌写〈漳河水〉》，《文艺研究》1982年第2期）

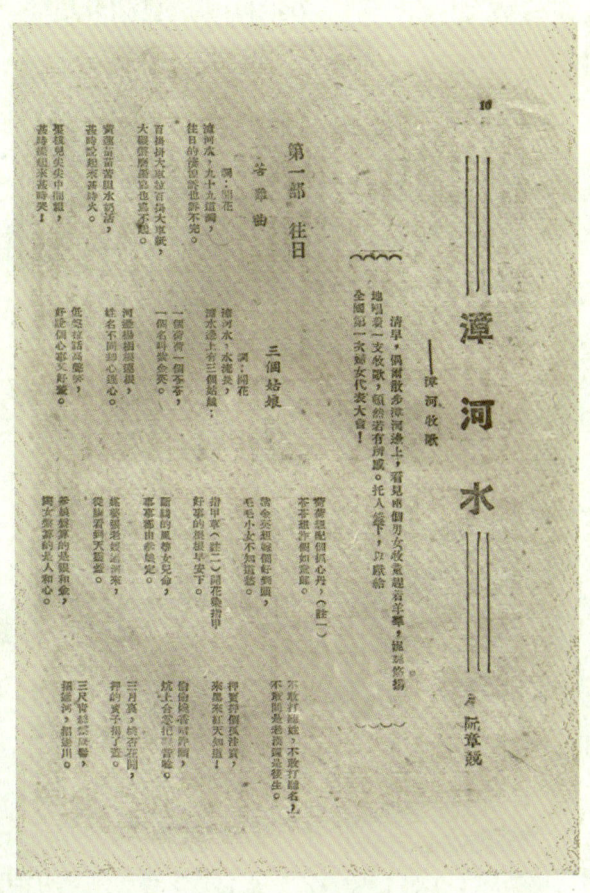

《漳河水》，载1949年《太行文艺》第1期

1949年《太行文艺》第1期封面

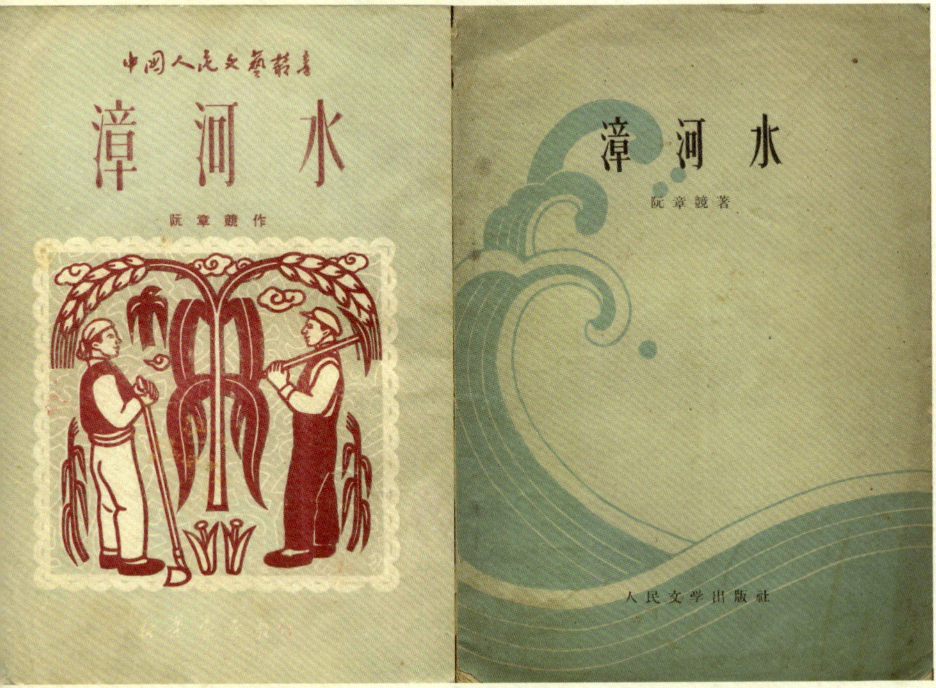

《漳河水》不同版本封面

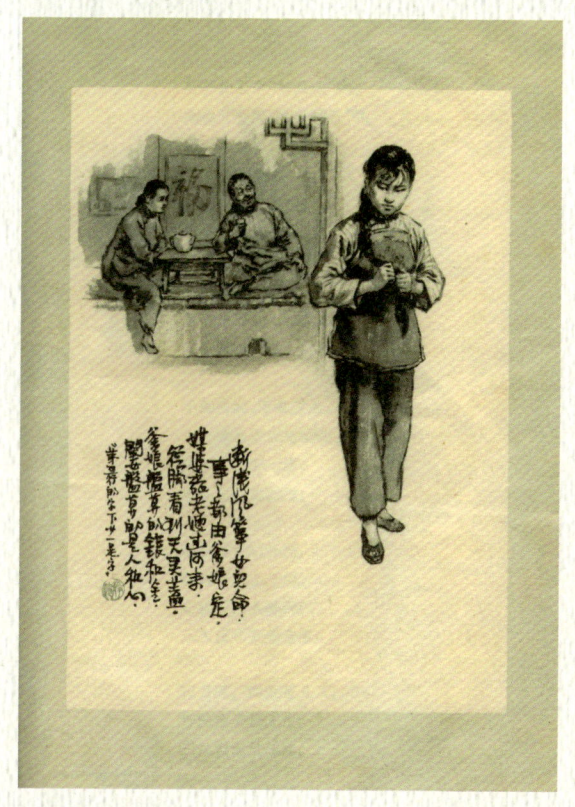

《漳河水》插图

　　《漳河水》作于1949年3月,初刊于同年5月1日《太行文艺》第1期,修改后在《人民文学》1950年第6期重新发表。1950年9月单行本《漳河水》由新华书店出版,为"中国人民文艺丛书"之一种,此后不断再版。

　　该诗是一部妇女解放的颂歌,以民歌体形式,抒写荷荷、苓苓、紫金英三位妇女的遭遇,记叙太行山区妇女在封建习俗下遭受的苦难,热情歌颂她们在共产党领导下获得解放的新生活。该诗人物性格鲜明,在吸取古典诗词和民歌民谣资源进行抒情方面做出了较为成功的尝试。

# 编后记

　　红色诗歌与红色历史血脉相连，脍炙人口的诗作是几代中国人的共同回忆。已出版的抗战诗歌、革命诗歌、烈士诗选等选本种类繁多，这些诗集为本书的编写提供了值得借鉴的思路与视野。同时我们意识到红色诗歌选本在作品版本甄别、史料收集与呈现、诗歌艺术风格多样化等方面还有可以拓展的空间，于是有了这本图文志形式的《红色诗志》。本书以编年形式展现了红色诗歌的初版本及诗人、刊物、诗集的相关图片，辅以简短的文字将读者带入诗歌的历史情境之中。

　　本书所选篇目均为新诗，选诗过程中，我们优先考虑对珍稀文献的发掘与使用，尽可能多地使用原始文献。对文献的重视首先体现为版本意识，我们搜集到最早发表诗作的刊物、报纸或者诗集，追溯诗作的初版本。后来成为国歌的《义勇军进行曲》、成为解放军军歌的《军队进行曲》及家喻户晓的《游击队歌》《歌唱二小》等，都以最早期的面貌在书中呈现。当时的用字习惯与现在的汉字使用规范多有不同，我们在繁简转化的基础上，尽量保留诗作中使用的原字，努力展现初版本与通行版本的用字差异，除对原始文献明显讹误之处有修改外，均按原貌呈现。因书中展现的个别手迹为诗人多年后抄稿，与原诗版本有出入，特此说明。希望以此给本书读者们带来丰富的历史感。

　　其次，记录诗歌的传播过程也是文献梳理的重要一环，虽只是介绍诗作何时发表于何刊物、何时收入何种诗集，寥寥数语背后却蕴藏着丰富的故事。有些诗作创作完成后不久即发表，数月后就能结集出版；有些诗作发表后再收入诗集却是几十年之后；还有像陈辉这样的青年时牺牲的战士诗人，诗作的结集发表都已是身后事。这些诗作发表与结集的时间跨度中，隐含着一个个鲜活个体的人生际遇。

再次是关于诗歌的评价，我们会用简洁的文字给出自己的理解，更多的篇幅让渡给历史亲历者。亲历者指的是诗人本人及诗人的老师、同事、诗友等。如曼晴和孙犁对彼此创作的回忆印证，胡风对彭燕郊写作情况的介绍和鲁藜诗集坎坷出版过程的记述等，这些文字能够帮助读者全面地认识诗歌的背景。而亲历者若干年后的回忆评价，则能够提示读者回到历史现场重新思索一首诗的文化定位。

最后，我们对红色诗歌文献的呈现不仅局限于文字，还包括各种图片资料。图片包括诗人的肖像、刊物与诗集的封面、手稿、刊物原版、诗作歌谱、相关的漫画等多种类型。选择诗人照片时，我们尽量挑选历史细节丰富、靠近诗人写作年纪的，让读者看到这张面庞时能够想象诗人写作时的环境与心态。我们格外重视诗集和刊物封面的呈现，特别搜集整理了《王贵与李香香》与《漳河水》两部叙事诗的较为完整的封面谱系，形成了20世纪40年代以后的诗集版本序列，包括多语种翻译的版本；1941年在延安出版的《诗刊》创刊号、1949年7月出版的《红旗升了起来》等都是鲜见的文献资料。书中还展示了李大钊、陈辉、钱丹辉、田间、贺敬之等诗人的珍稀手稿，以期营造见字如面的亲近感，拉进诗人与读者的距离。

受体例及篇幅限制无法在本书中完全展现的图片文献资料也已在线下展出。2021年6月29日"庆祝中国共产党诞辰100周年　中国新诗红色文献展"在四川大学江安校区"刘福春中国新诗文献馆"开展,陈列珍稀红色诗歌文献上百种,为阅读与研究红色诗歌开辟了新的视角。

编选过程中,除了文献方面的考量,我们关注的第一是诗人的身份与经历。他们是诗人,同时也是共产党人、革命烈士、前线战士,诗人红色的人生经历浸润了作品。如《山中即景》《生命的象征》《雷击死者》等,都为我们展示了革命者在不同人生阶段的红色思考。

第二是诗人所处的地理坐标,描写延安、晋察冀抗日根据地、大后方、解放区的诗作都有入选。我们希望多视角呈现20世纪20年代到40年代的红色诗歌的丰富性。书中展现了丁玲、鲁藜、严辰等对延安的咏叹,还有史轮、魏巍、方冰、钱丹辉等对于晋察冀生活的记录,也有曾卓笔下大后方青年的艰辛生活与精神追求。

第三是诗人描写的内容对象,选诗时我们试着用诗作串联红色历史中的重要瞬间。于是书中有了刻画毛泽东才华与气度的《给"论持久战"的著者》,抒写延安青年用劳动创造未来的《生活》与《我为少男少女们歌唱》,直击战争现场的《肉搏》,记录土地改革的《王九诉苦》,描写东北解放的《青泥洼的诗章》等。

第四是诗作的文学性,我们注重呈现更加丰富的审美特质。《囚歌》《我的"自白"书》激昂热烈、气势豪迈,《胜利进行曲》《告同志》鼓舞人心、富于力量感。在展现这些传统意义上的红色诗歌艺术特点的同时,我们也揭示了红色诗歌中的人性关怀和丰富的情感特质。陈辉在《守住我的战斗的岗位》中一边"紧握着枪",一边思念故乡"月光下的城墙"与叹息着的母亲,他是最决绝的战士,也是最柔软的诗人;牛汉在被追捕时,以"一颗圆润的苹果割成二块"比喻骨肉分离,《我的家》中革命者的痛苦与希望都格外让人心动。我们有意识地让艺术风格多样化的诗作进入读者视野,从而勾勒出红色诗歌广阔而丰富的现实肌理,提供一种重新认识红色诗歌的思维向度。

《红色诗志》的编选工作自2021年4月初开始,是"新时代中国特色社会主义新闻传播学研究"四川省哲学社会科学规划重大、重点项目培育项目"红色诗歌文献整理研究与文创产品设计"成果之一。刘福春教授规划了本书的体例,纠正了文中文献版本、语言表述的讹误,耐心指导我们完成定稿和校订工作。本书中涉及的珍稀诗人手迹、诗集封面、书报原刊等文献资料也多是刘教授的收藏。操慧教授最早提出了编选本书的构想,在四川大学文学与新闻学院官方微信公众号开辟"诗言志"栏目,持续推送红色诗歌品读,结合声音、图像与文字,立体化传播红色文化,书中内容于2021年4月至12月陆续发表在公众号上。本书的顺利出版多得两位教授的帮助,在此深表感谢。

本书的编写参考了多个网络数据平台的文献资料,同时借鉴了前辈学者整理的诗人全集、选集及回忆录,篇幅所限不能一一列举,在此致敬并致谢!